アルス
ローベント家の当主。
鑑定能力を持ち、
人を見る目に優れている。
「アタシは坊やを推薦するよ」
とミレーユが何故か私を
交渉相手として、クランに推薦した。
ミレーユ
アルスにスカウトされた。
軍師としての能力が
非常に高い。

「久しぶりのまともな飯！
美味すぎる！」
シャーロット
魔法の才能を
アルスによって見いだされた。
自由人。

「わっはっは！
もっと酒を持ってこい！」
リーツ
行き倒れていたがアルスに
才能を見いだされ救われた。
アルスに心酔している。
ロセル
軍師としてアルスにスカウトされた。
ミレーユからも学んでいる。

「俺の名は、ブラッハム・ジョーだ! スターツ城の最強の問題児とは俺の事よ!」

胸を張りながら、大声で名乗りを上げる。

問題児って、そんな胸を張りながら言う事か?

と疑問に思いながら、リーツも名乗る。

「リーツ・ミューセスだ」

転生貴族、鑑定スキルで成り上がる

弱小領地を受け継いだので、優秀な人材を増やしていたら、最強領地になってた

3

未来人A

ill. jimmy

デザイン：AFTERGLOW　イラスト：jimmy

Contents

プロローグ

「遂にベルツド侵攻が始まる。皆、いつも以上の働きを期待しているぞ」

私、アルス・ローベントは、家臣たちを集めて、そう声をかけた。

「元より、アルス様のためならば、身命を賭して働くつもりです。ベルツドを落とすことは、今回の戦に勝利する上で非常に重要な事となります。この戦で戦功を残せば、アルス様の評価も格段と上がるでしょう」

リーツがそう言った。彼は私の家臣の中でも、一番忠誠心が高く、その上、能力も格段に高い。一番信用している家臣であった。

「わたしの魔法があれば、楽勝」

若干戦をなめているような感じで、シャーロットが言った。少し心配になるが、彼女の魔法は間違いなくとてつもない威力を秘めている。戦で大きな力になることは間違いなかった。

「プレッシャーが……胃が痛い……」

ロセルは顔を青くしていた。知略に優れたロセルは、ネガティブなところがあるのが、弱点でもあり利点でもある。

「ロセルはもう少し力を抜いてくれ」と私は緊張を抑えるために言ったが「こ、これは凄く大事な戦なんだ！　失敗は出来ないし、気は抜けないよ！」と変なキレ方をしてきた。

「戦なんてものは、結局考えても分からないことはあるからねぇ。坊やの言う通りにした方がいいよ」

ミレーユは悟った風にそう言った。

彼女は私の家臣たちの中では、一番戦の経験が豊富で、かつ能力も非常に高い。ただ、性格にちょっと難があるため、頼りにし過ぎるのもまずそうだなと私は思っていた。

前世の頃を考えると、何だかあり得ないことをしているなと、私はふと思った。

私の前世は、日本の平凡なサラリーマンだった。

それが、異世界で領主となって、家臣たちを率いて重要な戦に向かうなど、やはり何度考えても似合わないと思うし、未だに違和感を覚えるときもある。

ただ、領主となったからには、全力で役目を全うしようと、改めて決心した。

○

ベルツド郡の最重要拠点のベルツド城にある議論の間。

「報告いたします！　サムク城がつい先ほど落城いたしました！」

軍議をしている最中、その報告を兵士が伝えてきた。

「ば、馬鹿な……ワクマクロ砦《とりで》は異様な早さで落ちたようだが、サムク城もこれほどまで早く落ちるだと……？」

報告を聞いたベルツド郡長、カンセス・バンドルは信じがたい気持ちで呟《つぶや》いた。

サムク城は堅城とまでは言わずとも、ワクマクロ砦より攻略し難い場所であり、さらに自身の従弟であるフレードルは能力は間違いなくある。

それなのにここまで早く落とされるとは、はっきり言って想定外の事態であった。

「そいつぁ予想外だなぁ……どうやって落ちたかとかは聞いているか？」

ベルツド防衛のためバサマークから派遣された、トーマス・グランジオンが兵士に尋ねた。

「いえ、とにかく落ちたと聞きましたが、方法までは……」

「そうか。まあ、もうちっとしたら、具体的な報告も来るだろうが……たぶん、敵に有能な密偵がいるんだろう」

「密偵？」

「そうじゃないとこんなに早く落ちちまうのはおかしいですからね」

「フレードルは密偵に対して備えをしていなかったのだろうか？」

「してたとは思いますが、不十分だったんでしょーね」

「むう、ならば我々は密偵に対する備えは、今以上に厚くしなければならないな」

カンセスは渋い表情でそう言った。

「……ところでフレードルはどうなったのだ？　まだ生きているのか？」

「敵軍に捕らえられたと聞いております。もしかしたら処刑されたかもしれません」

「そうか……」

「いざという時は人質としても使えそうですし、殺さない可能性もあると思いますがね」

トーマスから生きているかもと言われて、少しカンセスはホッとする。

従弟であるフレードルが死ぬのは、彼にとって心苦しいことであった。

「トーマス。敵はこれからどう動いてくると思う？」

「普通に考えたら、速攻でスターツ城まで落としに来ますよ。あそこを取れば、敵方は相当有利になりますからね。サムク城がこれだけ早く落ちるという事をこちらが想定していなかったということは、敵も分かっているでしょーからね。準備をし終わる前に落としておきたいと思うのは当然のことだと俺は思いますね」

「それならば、こちらとしては一秒でも早く、兵の準備をしなければならない」

「そうですね。でも、敵が俺の言った通りの戦略で来るんなら、割と何とかなりそーではありますがね」

「どういうことだ？」

「無理に行軍速度を速めると隙が出来やすくなるから、奇襲が成功しやすくなるんです」

「そうか。お前の得意戦術は奇襲だったな」

「クランの命を取るまでは難しくとも、補給線を断って敵軍の進軍を大幅に遅らせることは可能だと思いますね」

「やはり頼もしいなお前は」

サムク城が早く落ちすぎたことで、ここがどうなるかかなり不安になっていたカンセスであったが、トーマスの話を聞いて少し希望を見出していた。

「敵がスピード重視で来るとは限りませんから。それに俺の特技が奇襲だってことは知っている奴もそれなりにいますし、警戒されている可能性もある。そうなると普通に侵攻してくるか、はたまた何か策を練ってくるか」

トーマスは少し考え込む。

「とりあえず今やるべきことは、密偵に対する備えを万全にすること。前線の城に兵を送り、戦いの準備を急がすこと。あとは今後の情報次第です」

「そうだな。早速他の城を守っている将たちに急ぎ書状を送ろう」

カンセスは急いで書状を書き始めた。

内容はサムク城が落ちた事、戦いの準備をすること、密偵に対する備えを万全にすること、敵軍の情報を摑《つか》んだら、逐一こちらに報告すること、などである。

数では劣るベルツドの防衛戦が始まろうとしていた。

一章　ロルト城攻略戦

サムク城で捕虜たちの処刑が行われた。

凄惨な光景も戦が始まってから何度か見てきたので、少しは慣れて来た。

これから貴族として生きていくには、いちいち動揺していてはやっていけないので、いいことではあると思う。だが慣れすぎて、人の死を軽く見るようになってはいけないとも思った。

私はまずシャドーにベルツド郡の情報収集を依頼することにした。

スターツ城周辺の情報ではなく、まずはその前にある要所の情報から集めさせる。

サムクからいきなりスターツ城へ侵攻するのは不可能なためだ。

ベルツド郡にはそれなりに防御力の高い砦《とりで》が複数あり、油断をしていると大きく足止めを食らう可能性がある。

スターツ城を侵攻するまでに落とす必要がある、砦、城の情報は全て集めておくことにした。

それから予定通りサムク郡に残っていた勢力を制圧していく。

残存勢力は少なくあっさりと制圧が終わった。

こうしてサムク郡は完全にクランの手に落ちることとなる。

いよいよ、ベルツドへの侵攻を本格的に行うため、クランは大軍を率いてサムク城を出陣した。

当然私もその軍に参加している。

サムクからベルツドを侵略するには、まずバルドセン砦という要塞を落とす必要がある。

郡境付近にある砦で、ここを落としてベルツド侵略の足掛かりにする必要がある。

ただこの砦もそう簡単に落とせる砦ではない。

中々落としにくい構造な上に、守っている将が名の知れた優秀な者である。

私たちは進軍の休憩中、本陣に集まり軍議を行っていた。

「正攻法で落とすとなると、多くの犠牲が出るかもしれんが、ここまでくればやむなしか……」

クランはそう言った。

兵の消耗を抑えてここまで侵攻してきたクラン軍。

拠点を侵略すると、そこで戦っていた下っ端の兵士たちの多くは、侵略した者に従うので、兵の数は若干であるが増えているくらいだ。

力攻めで攻め落とした場合、時間の浪費は抑えられるが、兵士は大勢消耗してしまう。

兵士を失う事より、時間を稼がれる方が、今の状況では痛いとクランは考えているようだった。

「兵士は多少失ってもいいかもしれないが、バルドセン砦を力攻めで落とすとなると、魔力水を大幅に使用することになるよ。それはどうなんだろうねぇ」

ミレーユがそう意見をする。

力攻めとなると、この前のワクマクロ砦を落とした時のように、魔法で防壁に穴をあけて突入するというやり方を取るのが一番だ。

ワクマクロ砦は魔法に対する備えが甘かったため、シャーロットの超人的な魔法力の前になすすべもなくやられてしまったが、今回のバルドセン砦はワクマクロ砦よりかは、魔法の備えがあるようである。

落とすには必然的に何発も魔法を放つ必要があるが、そうなると魔力水を多く消費してしまう。

「私も魔力水の消費はなるべく抑えるべきだと思います。敵がどれだけ持っているのか分かりませんからね」

リーツがミレーユの意見に賛同した。

「ふむ……魔力水か……しかし、力攻め以外で落とすとなると、どうするのだ。包囲をするのか？　そうなると時間がかかりすぎるぞ」

クランは眉をひそめながらそう言った。

「そうですね……バルドセン砦を守っている将は、なるべく時間を稼げと命令をされている可能性が高いですし、砦から出撃はしてこないでしょうからね」

ロセルはそう予想した。

包囲するとなると、敵が城から出てこない限りある程度時間がかかるのは間違いない。

今回の状況では、やってはいけない作戦であると思った。

「力攻めでなく、包囲でもないとしたら……どうするのが最善だ？」

「そうなると、調略をするのが一番だろうな」

調略。

即ち敵をこちらに寝返らせるということだ。

上手くいけば血を流さず、その上でかなり早く砦を落とすことが出来る。

「……出来るのか？」

「さあ？　やってみる価値はあると思うよ。相手からしたら劣勢だし、戦っても無駄死にするだけだと思っている者がいてもおかしくはない。まあ、だめだったら力攻めで落とすしかないね」

「そうであるな。やってみる価値はあるか……ではまずは調略を試みることにしようではないか」

バルドセン砦の調略を試みることが決まり、次に誰が調略をするのか話し合うことになった。

「調略するとして、誰を説得に行かせるのが適任であろうか？」

クランがそう尋ねた。

貴族達が次々に自分が行くと名乗り出る。

バルドセン砦を守る将と知り合いだという貴族も何人かいたため、その者たちに任せると思ったが、

「アタシは坊やを推薦するよ」

とミレーユが何故か私を交渉相手として、クランに推薦した。

「なぜ私だ？」

「いや、坊やは結構交渉事上手いと思うけどね。それに能力で相手が望むものが分かったりするんじゃないのかい？」

「そこまで便利な能力ではない」

敵将の野心は測れるので、裏切る可能性が高いかどうかは測れるかもしれない。

野心が高ければ、大きな餌をちらつかせれば飛びついてくるだろうからな。

「アルスは我が軍でも欠いてはならん人材だ。交渉に行かせて危険な目に遭う可能性があるのは困る」

「それはどうかね。普通はまず最初に、敵将に会談をしたいという旨を書いた、書状を届けるだろ？　それを相手が受けてきたら会談スタートという流れになるはずだ。会談するということは条件次第では、寝返ってもいいという事。それで相手を斬るなんてマネはそうそうしないと思うけどね」

「万が一という事もある」

「万が一を考えてるなら、坊やはそもそも戦場に出てくるなという話だけどね」

「む……」

相変わらず口は上手いためクランを言いくるめてしまう。

怒らせていないか胃が痛い。

そんなに口が上手いならお前が行けばいいだろうと思ったが、相手を怒らせるだけ怒らせて終わりになってしまいそうである。

「アルス、お主はどうしたい？」

クランが私に意思を尋ねてきた。

どのくらい危険があるか分からないが、ミレーユの言う事も間違っているとは思わない。

ここで調略に成功したら、大きな手柄になるのも間違いないし、報酬として金を貰《もら》えるかもしれない。金はいくらあってもいいものだ。

問題は私に出来るかどうかだな。

正直自信はない。

失敗したらクランからの評価は下がるだろうが、それよりも私の失敗でベルッド攻略が遅れてしまうというのが痛い。

戦になるべく早く勝利をするという目的を考えると、手柄を欲して出来もしないことをやろうとし、攻略を遅らせるのは良くないだろう。

ここは敵将の知り合いに任せた方がいいとも思ったが……。

しかし、よく見てみると、知り合いを名乗る者たちは、武勇は高いが政治力は低い者たちばかり。

果たしてこの者たちに任せていいのかとも、疑問に思う。

政治力の高い者はロビンソンなどいるので、私が行かなくてもいいが……。

鑑定スキルが調略の役に全く立たないというわけでもない気がするので、ロビンソンや知り合いの貴族を行かせてそれに私も同行するという形がベストであるという気がした。

「行く気はありますが、私一人では達成できるか分かりません。ロビンソン殿や、敵将とお知り合いの方と一緒に行かせてくだされば、成功できるかもしれません」

「ふむ、ロビンソンらの力を借りたいとな」

クランが少し考える。

「ロビンソンとお主を行かせると、成功率は高そうではあるが、失敗したときの痛手は大きいな……まあ、知り合いの者を行かせれば、斬られる可能性は減るか。一応私から手練れを護衛として付けておこうか」

クランはその方針でいくことに決めたようだ。

それから一度書状をバルドセン砦に送った。

書状を届けに行った使者が斬られたとなれば、もはや力押しで何とかするしかないが、使者は戻ってきた。

「バルドセン砦のリューパ殿は会談に応じるようです」

そう使者は報告をした。

会談は敵陣で行われる。

敵はこちらの暗殺のリスクを軽減したいのか、直接会談を行う者たちの武器を事前にあずかった。

私も使わないが剣を一応装備しているので、それを取られる。

流石に武装した者が周りに一人もいないというのはこちらも心細いので、向こうも会談する者は武装を解除し、周りに武装した者を置かないと言ってきた。

クランからつけてもらった護衛も武装解除することになってしまったが、まあ、強い者は剣を持ってなくても強いので、今回は受け入れることになった。

会談を行う場所は、砦の中ではない。

門を越えた先にある、砦の入り口前の庭で行う。

これなら、周辺に武装している者がいないというのも、分かりやすいだろうという配慮からだった。

庭には丸いテーブルが置かれており、そこに一人の中年の男が座っていた。

男は私たちが来たら、椅子から立ち上がり、

「よく来られました。お久しぶりですね、ボランス殿」

「こちらこそお久しぶりです、リューパ殿」

あれが敵将のリューパか。

ちなみにボランスとは、同行するリューパの知り合いの貴族だ。

昔、一緒に戦ったことがあるらしい。

知り合いではあるが、友人関係ではないようだ。

ボランス以外の者は、それ以上につながりが薄かったため、ボランスが同行することになった。

「それで後ろの方が、ロビンソン殿と、アルス殿ですか？」

「はい、そうです」

どう見ても見た目的にはまだ子供な私を見て、不思議に思っているようだ。

この会談が大事なものであると、知っていればそう思うのも当然であろう。

ただ、リューパはそれに言及はせず、私たちに席に着くよう言った。

席に着き、私はリューパの能力を鑑定してみる。

いつも通り鑑定画面が出てくる……と思ったが、何かノイズのようなものが発生し、鑑定画面が

乱れて見えなくなった。まさかスキルが使えなくなった？　と一瞬物凄く不安に思ったが、その後、画面が元通りになった。

何だったんだ、さっきのは？　初めての事だ。まあ、見られるようになったから別にいいか。

私は気を取り直して、リューパについて書かれているステータスを見る。

リューパ・ルーズトン　32歳♂
・ステータス
統率　84/89
武勇　54/54
知略　83/88
政治　78/80
野心　70

・適性
歩兵　D
騎兵　C
弓兵　D
魔法兵　D
築城　A
兵器　B
水軍　C
空軍　C
計略　B

かなり優秀な男だな。

そして野心が結構高い。

この会談に応じた理由も、野心の高さが原因かもな。

これだけ能力が高く野心も高ければ、現状の地位に不満を抱くのもおかしな話ではないかもしれない。

さて、鑑定を交渉にどう使うかだが、鑑定で出た数値で相手の性格を予想してみたりすることは出来るかもしれない。

正確性がどれだけあるか分からないが、鑑定だと建前を上手く使える人間の野心なんかも見抜けるから、効果はあると思う。

それで、この能力を見る限り、武勇は低いが、ほかは優秀。

前線で戦ったりするタイプでは本来ないみたいだ。そして野心が高い。

思慮深い男であるが、腹の中では黒いこととかも考えていそうなタイプか？

そういうタイプには、きちんとメリットを提示すれば乗ってきそうだが。

現状敵側がかなり不利なのは、間違いないだろうし。

クランの話では、調略の条件として郡長の地位を与えることが出来ると言っていた。

バサマークを倒した後は、いくつかの郡が空くだろうから、そこに据えるという。味方からある程度不満は出るだろうが、それは今は気にするべきことではないとクランは言っていた。

普通に交渉していたら、乗ってきそうだが……どうなるか。

最初はボランスが社交辞令のような会話を行う。

そんなに深い仲ではなさそうだと会話の様子から分かった。

折を見て、ロビンソンが会談に来た理由を話し始める。

こちら側に付かないかと問うロビンソンに対し、

「私はバサマーク様とカンセス様に忠誠を誓っております。申し訳ありませんが、それは出来ぬ相談です」

とリューパは返答した。

本当に出来ないのか、秒で食いつくと信頼出来ないと見られるだろうから、一度断ったのかは分からない。

そのあとロビンソンが郡長の地位を約束すると言ったが、相変わらず首を縦に振らない。

何か不満があるのか？

野心が高いから出世したいと思っているのは間違いないが……。

そもそも確実に裏切らないのなら、会談なんてしないだろうし。

本人も迷ってはいるのだろうか？

単純に、話が履行されるかどうかを疑っているのか？　思慮深い者ならば、敵対していた者をいきなり取り立てるのは、家臣の不満を招きかねず、最終的になかったことにするかもしれないと、当然想像するのかもしれない。

どうすれば信頼してもらえるか。

血判状でも作ればいいか。

クランは調略成功のためなら、大抵のものは出すと言った。自分の血を少し差し出すくらい問題はないだろう。

それでもだめなら、理屈で説得するしかない。

ロビンソンとボランスはどう説得したらいいか迷っているみたいだ。

ここは私がやるしかないか。

「本当に郡長になれるかお疑いになられているのですか？」

「……いや、そういうわけではありませんよ。単に裏切る気はないと申しているだけです」

少し返答に間があった。

恐らくどうするか、リューパも迷ってはいるのだろう。

「クラン様とリューパ様で、血判状をお交わしになれば、必ず約束は守られるでしょう。クラン様にそう進言致します。恐らくお断りにはならないでしょう」

「……私は」

「リューパ様ほどのお方が、この砦の主に収まっているのは惜しいとクラン様も仰っています」

「………………」

少し心が揺れてきているようだ。

「裏切りというのは私の名声を落とします。名声が落ちるという事は人心を集めることが出来ないということです。それで郡長になったところで、意味があるのかどうか……」

リューパは迷いを口にした。

なるほど裏切りで名声が落ちることを危惧していたのか。

「ここで裏切ってもリューパ様の名声が落ちる事はないと思います。現在この砦は我が軍に追い詰められています。この戦力差で戦ってもはっきり言って勝ち目はない。ここまで追い込まれたのはリューパ様の責任ではなく、戦略を間違えたバサマーク、カンセスの責任に他なりません。本来この砦に援軍を出して、守るのが筋でしょうが、ベルツド郡長のカンセスは、果たして援軍を送る気なのでしょうか？　私の予想では、時間を稼げとの命令が来ていると思います。時間を稼げとは、つまり捨て石になれという命令であります。リューパ様ほどの方が捨て石になるのを、私は見ていることが出来ません。賢明なご判断をなさることを願っております」

自分でも驚くほど舌が回った。

貴族として生まれてから色んな人と話し合うようになって、少し話が上手くなったのかもしれない。

リューパは返答まで二日くれと言って、会談はそこで終わりになった。

とりあえず感触は悪くないような気はした。

「そろそろ返答がくる頃だな。アルス、リューパは寝返ると思うか？」

「説得に、手ごたえは感じております」

調略してから二日後。

クランに尋ねられたのでそう答えた。

この間の交渉には割と手ごたえは感じていた。

上手く鑑定スキルで、敵の野心の高さや性格を見抜いて、それに応じた説得が出来たと思う。

最後どうするかは分からないが、決して可能性がないとは思わない。

「クラン様！　リューパ殿の使者が参られました！」

伝令兵がクランにそう報告した。

「よし、通せ」

クランの指示で、使者が目前に通された。

「お目通りをお許しいただき感謝いたします。言伝を預かっておりますので、お伝えいたします」

使者はそう言って、リューパからの言伝を言い始めた。

成功か、失敗か、少しドキドキしてきた。

「今回のお話を受け、大いに悩みました。ベルッド郡長のカンセス様にも、大きな恩があるなれど、元々バサマーク様よりも、長男であるクラン様にこそ後継ぎとしての正統性があると思っていたのも事実であります。今回、説得を受け、自分なりに悩んだ結果、恩はあれどこのまま捨て石になるのは、家臣や家族たちの事を考えると許容は出来ぬと考え、クラン様に付くと結論を出しました。バルドセン砦はクラン様に明け渡す所存であります」

成功したようで私は一安心する。

「よし！　時間と兵をなるべく割かずに、敵の砦を落とすことが出来たか。此度の戦は本当に順調に進んでおるな。アルスよ、またも大手柄であるぞ」

「いえ、私の功績など小さきものでございます」

「ハハハ、謙遜するでない。よし、ではバルドセン砦に入るぞ！」

クランは上機嫌でそう言った。

その後、兵を引き連れバルドセン砦に向かう。

罠《わな》の可能性もあるので慎重に行動する。

砦の門が開く。

入り口には、武装解除した兵士と共に、リューパが平伏していた。

降伏したというのを態度で示していた。

「よくぞお越しくださいました。私、リューパ・ルーズトンは家臣たちと共に、クラン様の軍勢に加わる所存でございます」

平伏したままリューパは宣言した。

クランは馬に乗っており、そのまま下りることなく、

「面《おもて》を上げよ」

と、そう言った。

リューパを含め兵士たちが、一斉に顔を上げる。

「これからお主たちは私の軍勢に入る。共にベルッドを攻め落とした後、逆賊バサマークを滅ぼすのだ」

クランがそう言うと、再びリューパは平伏し、

「力の限りをお尽くしいたします」

そう宣言した。

罠であるという様子はなく、それから砦は無事に明け渡された。

○

調略を終えた後、調略の成功と、新しく軍に加わったリューパを歓迎するための宴が開かれた。

私は家臣たちと集まって、食事をしながら話をしていた。

「今回はお手柄でしたね。アルス様」

リーツがそう言ってきた。

「多少は評価が上がったかもな。しかし、今回の戦は本当に有利に進んでいくな」

今のところ被害少なく連戦連勝。敵は被害を受けてあっさりとやられ続けていっている。元々数で勝っていて有利な状況だったのに、今の状況は正直楽勝ムードが漂っていた。

「油断したら駄目だよ。本当の戦いはこれからなんだから。敵もこれ以上進軍を許したらいけないから、死に物狂いで守りに来るよ。次辺り本格的に大きな戦になりそうだと思う」

ロセルが気を引き締めるようにそう言った。

「まあ、戦いって奴は、それまで何連勝していても、負けてはいけない戦で負けたら、その時点で負けが決まるもんだからね。これからやるのがその絶対に負けてはいけない戦になる」

ミレーユは油断していないような事を言うが、相変わらず酒を浴びるように飲んでいるので、どっちか分からない。

大きな戦になるという事は、下手したら死ぬ可能性もあるという事か。

こんな歳ではまだ死ねない。

何としてでも討ち死にだけは避けねばな。

それから私は新しく陣門に加わったリューパの家臣たちを鑑定してみた。

自分の家臣に勧誘は出来ないだろうからやる必要はないかもしれないが、まあ、何となくだな。

「ん？」

いつも通り鑑定したのだが、いつもと違うところがあった。

名前・性別・年齢、ステータス、適性と表示されるのはいつも通りだが、その下に、今までにはなかった表記があった。

帝国暦百八十三年十一月二十日、サマフォース帝国ミーシアン州ベルツド郡ミラストで誕生する。兄が二人。妹が一人。父親と母親はどちらも健在。短気な性格。干し肉が好物。乗馬が趣味。四十代を超えた女性が好み。主であるリューパの事は、とても信頼している。

個人情報的なことが一気に表示された。

ほかの者を鑑定しても同様だ。

今まで一切成長が無かった鑑定スキルが、ついに進化した。

何で今更進化したんだ？

使った数か、自身の年齢か、それとも能力を活かして説得して調略を成功させたからだとか。

なんの前触れもなく進化したから、理由はまるで分からないな。

先日リューパを調べた時も、変な風になったが、今思えばあれが前兆だったのかもしれない。

ただこれで、さらに深く情報を得ることが出来るようになった。

それこそ調略なんかは、やりやすくなったかもしれない。

……まあ、普通他人に知られてないであろうことを、知ってしまう事があるだろうから、不気味に思われる可能性もあるがな。

使い方は間違わないようにしよう。

あと、家臣たちに使っていいのか悩む。

主に対しての感情が最後に書いてある。

これは見ていいのだろうか。プライバシーの侵害のような……。

でも、家臣たちの本心を知れるのは、悪くないからな……。

領主としては知っておいた方がいいかもしれない。

私は家臣たちが自分をどう思っているのか知るために、鑑定をしてみた。

まずリーツを調べてみた。

以前計ったときより、全体的に成長がみられて、

統率　97/99
武勇　90/90
知略　97/99
政治　92/100

となっていた。

ついに全能力値90達成。

武勇はもうカンストしているようだ。リーツは真面目だから、常に鍛錬は怠っていない。その成果が出ているようである。

さて、肝心の詳しい情報だが……。

帝国暦百八十九年五月三十日、サマフォース帝国サイツ州コーンレント郡レッドルートで誕生する。両親はすでに死亡。妹が一人。真面目な性格。食べられれば何でもいい。勉強鍛錬が趣味。包容力のある女性が好み。主であるアルスに対して、忠誠を固く誓っている。

リーツの事は調べるまでもなかった……というか、調べない方が良かったかもしれない。女性の好みまで知ってしまった。

そういえば、リーツは女っ気が無いし、包容力のある女性を見つけたら、紹介してやるのもいいかもしれない。まあ、マルカ人を差別しないという前提が必要であるが。

あと誕生日だが、今が五月二十五日だから、五日後じゃないか。

まあ、リーツは自分の誕生日を知らなかったから、適当な日に決めて祝ってきた。

今更本当の誕生日で祝うのも、違うような気がする。

あと、ミーシアン出身じゃなかったのか。それは知らなかった。もしかしたら本人も知らないかもしれない。

両親はすでに他界……。

でも妹はいるのか？

もしかしてまだ生きている？　死んだら死亡と鑑定されるなら、生きていると考えていいのだろうか。

サマフォース帝国も広いし生きていたとしても見つけられる可能性は低いが、心情的には会わせてやりたい。

次にシャーロットを鑑定。

統率	80/92
武勇	104/116
知略	45/45
政治	37/40

能力はあまり全体的に伸びていない。

まだまだ武勇に伸びしろがあるので、そこには期待したい。

本題の詳しい情報だが、シャーロットは何を考えているのか分からないところがあるので、知っておきたいところだ。

帝国暦百九十二年十一月五日、サマフォース帝国ミーシアン州マサ郡アンパールで誕生する。両親はすでに死亡。単純な性格。甘いものが好き。魔法を使う事と寝ることが趣味。甘やかしてくれる人がタイプ。主であるアルスの事は、弟のように思っている。

……弟のように思っている？

姉っぽいことしてくれたことなど一度もないが……。

逆に私が世話を焼いているはずだ。

まあ、悪感情を持たれてはいないようなので良かったが。

あとは大体知っていることだな。

次にロセルを鑑定。

統率 65/88
武勇 22/32
知略 99/109
政治 77/95

数ヵ月前より見違えて能力値が上がっている。

戦に参加したり、ミレーユに師事したりと、色々経験を積めたおかげだろう。

すでに十一歳としては驚異的な能力値だが、まだ伸びしろがあるのが恐ろしいところだ。

それで、鑑定結果だが。

帝国歴百九十九年九月六日、サマフォース帝国ミーシアン州カナレ郡トルベキスタで誕生する。

父親は健在。母親は死亡。兄が二人。ネガティブな性格。野菜スープが好き。読書が趣味。まだ異性の好みはない。主であるアルスの事は、親友だと思っている。

親友か。

これも悪く思われていないようで何よりだ。

リーツ、シャーロット、ロセルには特に悪く思われていないとは思っていたが、問題はミレーユだな。

こいつは腹の中で何を考えているのやら。

私は鑑定してみる。

能力値は変わっていない。

元々完成された能力値だったから、ちょっとやそっとでは変化はしないのだろう。

そして肝心な詳しい情報を見てみる。

帝国暦百八十一年六月十五日、サマフォース帝国ミーシアン州アルカンテス郡アルカンテスで誕生する。両親はすでに死亡。弟が一人。型破りな性格。酒が好物。酒を飲むのが趣味。年下が好み（性別は問わない）。主であるアルスの事は、面白い子だと思っている。

面白いって……何とも微妙な表現だ。少なくとも忠誠心はないだろう。

まあ、ミレーユが誰かに心の底から忠誠心を持つタイプの人間でないとは、鑑定スキルを持ってなくても分かることであるが。

警戒はやはりしなくてはいけない相手ではあるな。

しかし、変わった好みだな。どっちでもいけるという事はバイセクシュアルなのかミレーユは。

プライバシーに踏みこんでしまったような……。

さらに年下が好みとは……別に私が性的に狙われていると思ったことは今のところないが、そういう意味でも警戒は必要なのかもしれない。

とりあえず家臣たちの鑑定をし終えた。

ミレーユ以外はたぶん信頼できると思う。

鑑定が進化したという事は、あまり他人には喋《しゃべ》らない方がいいかもしれない。

相手が知られたくないと思っていそうな情報も、鑑定可能になったからな。進化した鑑定で得た情報は、なるべく人に話さないようにしよう。

○

歓迎会は終了し、翌日になり、軍議が開始された。

最近はミーシアンも冬に入り、肌寒くなっていた。

今年はどちらかというと暖冬であるようだが、六月下旬に差し掛かると雪が降る可能性もある。

そうなると行軍は非常にしにくくなるので、攻略を急ぎたいところだ。

「さて、スターツ城攻略の軍議を開始する」

バルドセン砦を攻略し、次はスターツ城の攻略へと移る。

スターツ城はベルツド城への道に繋《つな》がる街道を守る城である。

ここを落とさなければ、大規模な軍勢をベルツドへ通すことは難しい。

平地に築かれている城であるが、防壁が非常に高い上に、防壁自体が魔法が効きにくい素材で造られており、さらに防御魔法の準備も万全。非常に強固な城である。落とすのに苦戦は必至であるが、今の戦力差ならばそれでも落とせる可能性は低くない。

リューパからスターツ城を守る将の話などを聞いた。

裏切りの可能性は非常に低いようなので、力攻めか包囲で落とさないといけない。

「バルドセン砦から直接スターツ城を侵攻することは出来るだろうが、それには問題がある。ここだ」

クランは目の前に広げられているベルツドの地図を指さす。

指さす先には、ロルト城と呼ばれるスターツ城の北西にある城があった。

「この城を無視してスターツ城を攻略しに行った場合、背後を突かれる可能性がある。今回はスターツ城を落とされるわけにはいかないだろうから、ベルツドからも援軍が来るだろうから、挟み撃ちになってしまう。それはまずいからここを落とす必要がある」

クランがそう説明をした。

確かにちょうど無視しにくい位置にロルト城はある。

スターツ城の重要性を考えて、援軍に行ける位置にこの城を築いたのだろう。

「ただしロルト城だけを落としに行っても、当然その時はスターツ城とベルツドの軍勢が援軍に来て、挟み撃ちにされる。そこでここは兵を二手にわけて、スターツ城とロルト城を同時に攻略するのがいいと私は思うのだが、皆はどう思う?」

クランの意見に異論は上がらなかった。

ここまで数で優《まさ》っている場合は兵を分けるデメリットも非常に少なくなるし、良い戦略であると私は思った。

「それでスターツ城方面への軍は私が率いるとして、ロルト城方面の軍であるが、ルメイルが率いてくれ」

「私ですか?」

よほど予想外だったのか、ルメイルが目を丸くして確認した。

「ああ、不満か?」

「いえ、クラン様が私に軍を率いよと仰せなら、力を尽くすだけでございます」

ルメイルがロルト城を攻める軍を率いるのなら、私もロルト城を攻める軍に参加することになりそうだな。

ルメイルが大将なのは少し意外だったな。

立場がルメイルより上の者は何人かいるようだが、それだけクランから信頼を得ているという事だろうか。

とにかくロルト城へはルメイルが率いて侵攻することが決定した。

敵のロルト城には五千人ほどの兵がいるようで、ルメイルにはその倍の一万の兵が預けられることとなる。

ロルト城からの進軍を防ぐのが目的なので、城の陥落はさせられないなら、させられなくていいようである。

ただ敵はスターツ城へ援軍に行くために、野戦を仕掛けてくるのは間違いない。

そうなると敵の城にいる兵は、ほとんど出て来て戦ってくるだろうから、その野戦に勝てば城も取れると考えていいだろう。

「さて、倍の兵がいれば負けないとは思うが、ロルト城にいる兵は、スターツ城へと早く援軍を飛ばせるように、騎馬兵が多くいるとリューパが言っておった。練度も高い上に、地形的に平野での戦になるだろうから、数が多いからと言っても確実に勝てるとは言い切れん。そこでメイトロー傭《よう》兵団《へいだん》をロルト城への軍に加えようと思う。メイトロー傭兵団は野戦のスペシャリストだ」

メイトロー傭兵団か。

最強と名高い傭兵団だが、今のところ目立った活躍はしていない。

まともな戦闘が起きていないから当然といえば当然なんだが。

そう言えば、団長のクラマントを鑑定していなかったな。

軍議の場にはいないので、後で会ったら鑑定してみよう。

私たちはルメイルの軍に参加し、ロルト城攻めに参加することになった。

軍議で決めた通り、私たちは本隊とは別行動をとり、ロルト城を攻めることとなった。

前回は調略で砦を落としたので、兵たちの休息は十分である。

出陣する準備をすぐに終わらせて、明後日には出陣する予定である。

「しかし、私が大将か……アルス、お主のおかげでもあるかもしれんのう」

ルメイルが私にそう言った。

「私のおかげですか？　いえ、これはルメイル様をクラン様が信頼しての人事であると思われますが」

「いや、お主とお主の家臣たちは、この戦いで大きく活躍しておる。本心ではお主に軍を預けたいお気持ちだろうが、それは流石にまだ若すぎるからな。だからお主の上についておる私に兵を率いさせたのだ」

「か、考えすぎですよ」

内心そうかもしれないと思ったが、この場は否定しておいた。

「しかし、此度《こたび》の戦で私の軍勢に加わるメイトロー傭兵団とは、いかなる者たちかのう。傭兵はあまり信頼できぬからな……クラン様が実力は確かであると仰っていたが……やはり少し不安だ。働いてくれればいいのだが……そうだ、アルスよ。お主は傭兵団の団長である、クラマントに会ったことはあるか？」

「すれ違ったことはあります」

「鑑定はしたか？」

「いえ、しておりませんが、するつもりでした」

「それはちょうどいい。クラマントと話してみるつもりだったから、お主も同席してくれ」

「承知いたしました」

そのあと、ルメイルは使いを出してクラマントの居場所を探し出し、連れてくるように命令した。

その使いは数分後、一人で戻ってきた。

「クラマントはどうした？　見つからなかったのか？」

「いえ、見つけたのですが、話があるならそちらから来いと。カナレ郡長であるルメイル様がお呼びであると言っても、何も気にしていない様子で……何とも無礼な奴でありました」

「ふむ。いや、こちらが話をしたがっているのだから、出向くのはおかしい話ではないだろう。傭兵に過度に礼儀を求めるのも何だしな」

ここで無礼と激怒する貴族もいるだろうが、ルメイルはどちらかというと温厚なタイプであった。

「クラマントがいる場所まで案内するのだ」

「わ、分かりました」

私たちは使いの案内についていき、クラマントがいる場所へと向かう。

クラマントは砦の外で兵士たちと一緒に訓練をしていた。

かつてセンプラー城で見た、ただならぬ雰囲気を漂わせている男がいた。

すれ違っただけであるが、不思議と顔を覚えていた。

ベンのようにすぐに忘れてしまうような人間もいれば、クラマントのように強烈な印象を残す人物もいる。

クラマントは兵士たちと剣を打ち合っていた。

一対一ではなく一対五である。

多方向から来る剣を華麗に捌《さば》ききっている。

凄まじい剣術である。まだ鑑定はしていないが、適性Sであることは容易に想像がついた。

しばらく打ち合って、数分後休憩に入るのか打ち合いを止めた。

「見事である」

ルメイルがクラマントに話しかけた。

クラマントは言葉を発さずに、ルメイルを見た。

感情のこもっていない冷徹な目つきである。

はっきり言って少し怖い。

ただルメイルは怖じ気づくことはなく、

「流石は名高いメイトロー傭兵団の団長だ。あそこまでの剣術は見たことがない」

と言葉を続けた。

「俺は剣術はそう得意じゃない」

「それはおかしなことを。あれだけ使えて得意ではないと」

「得意なのは槍《やり》と弓だ。それも馬に乗っている時が一番だ。馬から下りての戦いはあまり得意ではない」

「苦手であれなら、得意だとどうなるのだ？　恐ろしい男だな」

私もそう思った。

嘘《うそ》かもしれないので鑑定をしてみた。

クラマント・メイトロー三世　31歳♂
・ステータス
統率　91/95
武勇　110/112
知略　65/68
政治　55/61
野心　50

・適性
歩兵　A
騎兵　S
弓兵　S
魔法兵　D
築城　C
兵器　C
水軍　C
空軍　A
計略　D

帝国暦百八十一年三月十日、サマフォース帝国ローファイル州バルカ郡バルカで誕生する。父親は死亡。母親は健在。リアリストな性格。肉料理全般が好物。訓練をするのが趣味。強い女が好み。

なるほどすさまじい武勇だ。

そして、剣が苦手というのもあながち嘘ではないかもしれない。

騎兵と弓兵がどっちもSで歩兵がAだからな。

Aで苦手というのもおかしな話ではあるが、クラマント基準では苦手と言ってもいいかもしれない。

実力は申し分ないがリアリストな性格という事で、不利になったらすぐに逃げだすだろうが、それはクラマントに限らず傭兵はそうだろうな。

とにかく能力は申し分ないのは間違いないので、信頼してもいいだろう。

「あんたは？」

「私はルメイル・パイレス。カナレ郡長である。今回ロルト城攻めを任された者だ。協力してくれるという傭兵の顔を見ておきたかったのだ」

「ふーん、さっきの使いはあんたの部下か」

郡長と聞いて特にひるむことはないようだ。

「そうだ」

「そっちのガキは何者だ」

「私はアルス・ローベントと言う」

「名前は何でもいいが、俺を観察するような目で見るのはやめろ。気持ちが悪い」

鑑定スキルを使っていることを感じ取ったりしたのか？

そんなこと今まで誰に使ってもなかったんだがな。

偶然か、それともこの男が常人離れした感覚を持っているのか。

そのあとルメイルは一分ほど会話をしたあと、クラマントが訓練を再開したので強制的に会話は打ち切られた。

「それで鑑定はしたのだろう？　まあ、只者ではないことは分かっているが」

「はい、きっちり鑑定しました。武勇だけではなく、兵を統率することにも優れております。能力は申し分ないかと」

「ふむ、そうか。お主が有能であるというのなら、疑う余地はないだろう。あとはやる気があるかどうか……だがな」

ルメイルはまだ心配であるようだ。

傭兵としては食べるため戦わないといけないので、ちゃんと戦うとは思う。

何か不利になるような状況なら別だが、兵数ではこちらが上だし心配はないと思う。

そのあと、ルメイルの命令で出陣の準備を始めた。

出陣する前に、私はファムにロルト城の情報収集を依頼した。

それほど詳しい情報を収集するのではなく、敵の城に動きがあったかとか、どれだけの兵がいそうだとか、城はどんな感じなのかといった情報を集めてくるよう依頼した。

斥候のような仕事を任せたため依頼料はかなり安い。

これで敵の城の情報はどんどん入ってくるだろうから、不測の事態にも対応可能だ。

そして出陣する日を迎えた。

「ロルト城の攻略は重要である。必ず成功させなければならない。我が軍は敵軍より数は優っている。有利な戦ではあるが決して気を抜くことなく戦うのだ。それでは出陣する！」

ルメイルの号令でロルト城へ出陣した。

○

ロルト城。

現在、窮地に追い込まれそうになっているこの城では、城主が家臣たちと長い軍議を行っていた。

「しかしリューパ殿が寝返るとはな……はっきり言って予想外だ……」

ロルト城、城主であるジャン・テンドリーは神妙な表情でそう呟《つぶや》いた。

まだ二十二歳と若い城主だ。長めの金髪に、端正な顔立ちの男である。

リューパの人柄を知っていたジャンは、真面目で忠誠心の厚い人物であると思っていたため、裏切りは予想外だった。

実際は心の内に、出世欲を持っていたリューパであるが、それを見抜くことはジャンは出来なかった。

ジャンだけではなく、リューパにバルドセン砦を任せたカンセスにも見抜けなかったことではある。それだけ己の野心をリューパが隠して生きてきたということであった。

「報告します。敵は軍を二手に分け、本隊がスターツ城へ進軍し、分隊はこのロルト城に進軍してきているようです」

伝令兵がそう報告してきた。

「やはりそうなったか……こちらに向かってきた敵の数は？」

「一万以上はいます。さらに敵の軍にメイトロー傭兵団の姿があったと報告がございます」

「……一万と多い上に、あの名高いメイトロー傭兵団がいるのか……」

ロルト城の兵力は五千である。

敵の兵が弱いとなれば、倍の数でも何とかする自信はジャンにはあったが、メイトロー傭兵団のような強力な兵がいるとなると、流石に勝利する確率は大きく下がる。

「敵がどれだけ多くても、我々は出撃してスターツ城へ援軍を出さねばなりません！　ジャン様、出撃のご命令を！」

「そうです！　我が軍は強力な騎馬隊があり、どんな敵でも打ち破ってみせます！」

家臣たちがそうジャンに詰め寄った。

ロルト城は騎馬隊が有名で、馬の扱いが上手な者たちが集まっている。

強さに自信があるため、敵が倍の数いると聞いても怯《ひる》む者はいなかった。

城主であるジャンも、馬の扱いの腕は広く知られており、戦でも何度も騎馬隊を率い戦果を挙げてきた。

「待て、慌てるな。確かに我が騎馬隊は強力無比だが、敵に強兵がいて、倍の数もいるとなると無策で戦っては勝ち目はない」

ジャンは血気盛んな家臣たちを諌《いさ》めるようにそう言った。

「と言いますと、策を練ると？」

「ああ、実はもうすでに手は打ってある」

「手ですか？」

「そうだ。成功するかは賭けなのだが……」

ジャンが不安そうな表情でそう呟いた時、

「報告があります!!」

別の伝令兵が大急ぎで駆けつけた。

「ハンダー様からの書状を持ってまいりました！」

「!!　来たか！」

ジャンは伝令兵が取り出した書状を受け取り、急いで中身を読んだ。

そして、

「この戦……勝てるぞ……」

笑みを浮かべ、そう呟いた。

ジャンは立ち上がり、

「出陣の用意をするぞ！」

と家臣たちに命令を出した。

〇

ロルト城へ進軍中、夜になり一旦陣を敷いて、休憩を取っていた。

食事中、シャーロットが不満げな表情で、

「ご飯が美味しくない……」

と呟いた。

気持ちは分からなくはない。進軍中は、美味しい物は食べられない。堅めのパンとか、味のうすいスープとか、微妙な食べ物しか食べることは出来ない。

しかし、ずっと食べ物は同じなので、なぜ今更文句を言うんだと、私は不思議に思った。

「ずっと食事はこれだったし、なぜ今更文句を？」

私と同じ疑問を抱いていたのか、リーツが不思議そうな表情で質問する。

「今更じゃない！　ずっと抱いていた不満が今日になって爆発したんだよ！」

情緒不安定な感じで、シャーロットは怒鳴る。

「リーツは平気なの？　ずっとこのご飯で！」

「僕は慣れてるしな。シャーロットも境遇的にはまずい飯には慣れてるんじゃ？」

「昔は確かに美味しい物食べられなかったけど、一度美味しい物食べたら、それ以外の物食べたくなくなるじゃん！　アルス様も嫌だよねこのご飯は！」

私に振ってきた。さっきも思ったが気持ちは分からなくないが、それでもシャーロットの意見には賛同できない。

「戦場で食事を楽しもうとするのは間違っている。我慢するんだ」

「わ、わたしより歳下なのに何という大人な意見」

まあ、前世で生きた年数を含めると、歳上ではあるんだけどな。

「アタシはシャーロットの気持ちも分かるがね。ま、戦場で不味い物食ったあと、戦終わりに美味い物食うのは最高だから、アタシは我慢できるけど」

ミレーユがそう言った。

「そういうもんか……早く戦を終わらせよう」

シャーロットの目に闘志が宿った。

動機としてどうなんだと思うが、やる気が上がったようである。

「それとアタシにはこれがあるしね。美味い物食えなくても問題ない」

ミレーユはおもむろに懐から、酒瓶を取り出した。

どうやら酒を飲む気であるようだ。

「あー！　師匠駄目ですよ、酒なんか飲んじゃ！」

酒を見たロセルがミレーユを止める。

「良いだろ別に」

「駄目です！　前線の兵ならまだしも、頭を使う立場にいる人が、酒なんか飲んで思考能力が落ちちゃったらどうするんですか！」

「ちょっとくらい飲んでた方が、頭にゃいい効果があるんだよ」

「酒にそんな効能ありませんよ！」

ロセルはミレーユから酒を取ろうとする。

ミレーユは酒を上にあげる。ロセルとミレーユはかなり身長差がある。ロセルは、ピョンピョンとジャンプして酒を取ろうとするが、全然届かない。

「はっはっは、もっと成長してから出直してきな」

と笑いながら酒を飲もうとすると、リーツが後ろからミレーユの酒を摑《つか》み取る。

ミレーユは長身であるが、リーツは同じくらいの身長があった。

「これは没収する」

「な、何！　リーツ！　てめぇ返せ！」

取り返そうとするが、リーツの身のこなしに負けて、全然取り返せない。

数分続けるが、ミレーユは酒を取り戻すことは出来なかった。

「はぁーはぁー、ちくしょー……覚えてやがれ……」

疲れて息が切れ、ミレーユは大の字に寝転がる。

……この女を軍師の一人として信用していいだろうか。

とそう思った。

○

翌日。

ロルト城への進軍を再開した。

「坊や、シャドーからの報告が来たよ」

ミレーユがそう言ってきた。

特定の触媒機に音を送る、トランスミットの魔法でシャドーからの報告を受けることにしていた。トランスミットには距離制限があるが、シャドーはメンバーが何人かいるため、何回か中継して報告すれば、かなりの速さで情報をこちらに届けることが出来るようになっていた。

報告の内容は三十分前にロルト城の兵が出陣したというものだ。兵数は想定通り五千である。

トランスミットは、単純な音しか届けることは出来ないが、慣れた者たちなら会話をすることが可能だった。

ミレーユはトランスミットを非常に使い慣れているので、受信する役を任せていた。

報告内容をルメイルに伝える。

「予想通りであるな」

「はい」

「敵が出陣したのなら、この街道に布陣をするべきだね」

とミレーユがそう意見を言った。

「理由は？」

「敵の騎馬隊が援軍に駆けつけるためには、このプラン街道を通らないと時間がかかりすぎるから、ここを通ってくるのはほぼ間違いない。仮に別の場所を通るのなら、機動力が奪われた騎馬隊を一網打尽にすればいいだけの話だしね」

もっともな意見だった。

今回は、敵の援軍を食い止めるのが役目の一つでもあるし、街道に布陣するのはその目的から考えても理にかなっている。

それから布陣する場所を決める。

敵の騎馬隊は一日でこの辺りまで来るだろうから、近くから選んだ。

最適な場所ではなかったが、早く布陣をして場所を整える事が大事である。

防柵を急いで前方に設置して、敵の騎馬突撃に備える。

元々木材は用意して運んでいたので、素早く設置することが出来た。

後は敵が来るのを待つだけである。

今回は倍の兵がいるとはいえ、敵は強いという話だ。

騎馬の突撃で、兵たちの統率が大きく乱され、やられるという事になりかねない。

下手したら死んでしまうので、気を引き締めて戦に臨まなくてはいけない。

敵の襲来を待っていると、ミレーユの触媒機に再び報告が届いた。

敵軍がすぐ近くまで来たのだろうか？

その予想は見事に外れた。

「……へぇ、それは面白いことになったね」

報告を受けたミレーユがにやりと笑う。

トランスミットでの会話は私は分からないので、

「何という報告が来たんだ？」

と尋ねた。

ミレーユが面白いことと言ったので、若干不安である。

普通とは感覚が違うからな、この女は。

「敵軍がこちらにそのまま来ると予想していたけど、予想外のルートを行ったらしい。気になって付いて行くと、ダンドル平原という場所に到着した。そのダンドル平原には別の軍がいて、そいつらと合流してこちらに向かってきているようだ」

「……何？」

「ま、要は援軍があったらしいな」

「援軍だと？　どこから？」

「旗の模様を見た限りでは、バートン郡の郡長、セルドーラ家の物らしい」

バートン郡はベルツドの北東方面にある郡だ。

確かにロルト城に援軍を出せる位置にはあったはず。

だが話によると、このバートン郡はクランに付くかバサマークに付くかでもめており、現時点では中立的な立ち位置になっていたはずだ。

なのでしばらくは放っておいてもいいという結論に達していたはずだが……。

「援軍はどのくらい来たのだ」

あくまでバートン郡にいるバサマーク派の貴族が、私的に援軍を出しただけかもしれない。それなら数百、多くて千人くらいの援軍になるだろうから、それほど問題視するほどの数ではない。

「五千は最低でもいたようだ」

「……なんと」

どうやら短期間で、バサマークに付くべきだと郡内が纏《まと》まったらしい。

予想外の出来事である。

これでプラス五千で、数の上では互角になってしまった。

私はルメイルに援軍のことを報告する。

ルメイルはかなり驚き、緊急で軍議を開催することになった。

○

「……緊急事態である」

自陣に設置された天幕の中で、貴族たちを集めて緊急の軍議が始まった。

私と家臣たちも当然参加している。

「敵が援軍を得て、我が軍とほぼ互角の軍勢になった。こうなると勝てるとは限らぬ。我らもクラン様に援軍の要請をすべきであろうか？」

　ルメイルが少し焦った表情でそう尋ねた。

「クラン様の援軍は……間に合わないかと思います……現在、どこまでクラン様が進軍されたかは存じませんが、敵がここまで来るのはかなり早いでしょう。情報を伝えて、それから援軍がここまで到達するのより、遅いとは思えませぬ」

「そうか……では援軍を要請し、殿《しんがり》を置いて時間を稼ぎつつ、我々は後退する。そうすれば援軍も間に合い戦力十分で戦えるのでは？」

「それなら確かに援軍も来られると思うのですが……」

　ロセルが少し悩む。

「貴様らが何を悩んでいるのか、俺には分からん」

　軍議に参加していたクラマントが口を出してきた。

「敵の数は同数なんだろ？　ならば戦って勝てばいいだけだろう」

「簡単に言ってくれるがな……敵は兵の質が高く、かつ士気も高い。こちらは楽勝ムードで来ているため、敵が予想以上に多いと知れば、士気が下がる恐れがある」

「質が高かろうと、俺たちよりは高くないだろう。負けることはない。それとも実力を疑っているのか？」

「いや、メイトロー傭兵団の実力を疑っているわけではないが……」

　信用は出来ないと、ルメイルは言いたそうだ。

同数になり仮に劣勢になった場合、すぐに撤退をする可能性がある。

「一応言っておくが、俺たちは値段相応の働きは必ずする。俺たちはそうやって生き残ってきた。クラン・サレマキアからは莫大《ばくだい》な契約金を貰っている。当然それ相応の働きはする」

ルメイルの心配を察したのか、クラマントはそう言った。

「アタシもここで引くのは反対だね。戦力はあくまで五分、こっちの倍になったわけじゃない。撤退するのは一戦交えてからでもいいだろう」

「しかし師匠。敵は騎兵なので一戦交えて撤退した場合、殿が失敗して追い付かれ、壊滅状態にさせられる可能性があります。そうなると、勝利で勢いづいた敵兵が本隊の背後を突くという極めて悪い事態になる可能性がありますよ」

ロセルがそう言った。

「それは一理ありはするね。だが、ここで引いて援軍を求めることになっては、クラン本隊の侵攻に支障をきたす恐れがある。こっちを引き留めても、スターツ城を本隊が落とせなければ、負けになる。戦の目的を見失ってはいけないよ」

ミレーユが反論した。

「そうですよね……しかし、挟み撃ちになって、全軍が壊滅的な被害を受けてしまえば、戦の続行が不可能になりますし……そうなると立て直すのに相当な時間がかかるというか、クラン様が討ち取られるという最悪の事態になる可能性も……同じ負けでも負けの度合いが変わりますよね……このまま攻めて勝つのが確実に一番いいのですが……勝率はどのくらい……？」

そのあとロセルはブツブツと呟きながら、一人で考え始めた。

色々と考えることのある、結構難しい局面であるようだ。

「僕はこのまま進軍するべきだと思いますね。勝てぬ戦はすべきではないですが、今回はそうではないでしょう。士気は高いでしょうが、敵は援軍に一刻も早く駆けつけたいと思い、気が焦っていると思われます。そうなると、色々作戦も立てられるでしょう」

リーツは戦う事に賛成のようだ。

「うむ……アルスよ。お主はどう思う？」

ルメイルが、私に質問をしてきた。

まあ、正直言ってしまえば逃げ出してしまいたい。

五千でもちょっと怖いのに、一万はかなり怖い。

とは言え、それはあくまで感情の問題で、一度引くのが最善の選択かは分からない。

敵の将を鑑定してはいないから、はっきりとしたことは言えないけど、こっちには凄い人材が何人もいる。敵にそれ以上の人材がいる可能性は低い。

確実に敵軍は焦っているだろうから、それを突くのは可能だと思う。

敵の数が予想より多かったことでの自軍の士気の低下も、何とかなりそうだ。

ここで戦わずに引けばクランからの評価が下がる恐れもある。

総合的に考えて、ここは今のまま進軍するべきだな。

「私はこのまま進軍するべきだと思います」

「……そうか」

それからルメイルは、ほかの貴族たちにも意見を聞く。

消極的な意見は少なかった。

それらの意見を受けて、ルメイルは、

「このまま敵軍へ打って出る。急いで戦闘の準備を整えよ」

そう命令をした。

「お、シャドーからの情報が来たよ」

ミレーユが持つ触媒機に、トランスミットの音が届く。

かなり長い間、音が鳴り続けた。こんなに長くても解読可能なのだろうかと心配になるくらいだが、杞憂《きゆう》だった。

「敵軍の情報が入った。約十時間後にここに到着する。かなり速いペースだ。援軍に行くのを相当急いでいるのは間違いない。士気は高そうであるとの報告も入った」

届いた情報をミレーユは淡々と説明した。

「敵軍はやはり一刻も早くスターツ城への援軍に行きたいようですね」

それも当然の判断だろう。

悠長に進軍していたらスターツ城が落とされてしまうからな。

罠にかけるには好条件だろうが、果たしてどういう罠を仕掛けるか。

魔法での罠はそう簡単に設置できるものではなく、設置に三日は要するのでここで使うのは不可能だ。

「やはりこの作戦が一番いいと思う」

今まで黙って何かを考えていたロセルが、いきなり口を開いた。

「何か思いついたのか？」

「うん。敵を誘い込むいい方法を思いついた。まず俺たちの後ろに森があるでしょ？」

「あるな」

この街道は森を通っており、ちょうど自陣がある場所の後ろに森がある。

森に陣を置くという意見もあったが、こちらが敵軍の倍以上人数がいるという事で、数の利を生かしやすい平地に陣を置くことに決まった。

「兵を隠す。そして誘い出してから森から弓矢や魔法の雨を降らせる。騎兵は奇襲に弱い。特に遠距離からの奇襲には対抗できないから、大混乱になるのは間違いない。隠しておくのは弓兵と魔法兵だけではなく、歩兵も隠しておく。逃げようとする敵を挟み撃ちにして、壊滅させる」

誘い込みか。

敵は進軍を急いでいるだろうから、割と成功しそうではあるが。

「問題がある。敵軍はたしかに進軍を急ぎ注意が散漫になっているだろうが、斥候くらいは出しているだろう。ある程度こちらの動きは見られているはずだ。普通にやったらばれてしまうよ」

ミレーユがそう指摘した。

「演技をして、本当に大勢の兵が離脱してしまったかのように見せかけ、その兵を森に配置すればいいと思います。敵は騙《だま》されて、こちらの統率がとれていないと見れば、調子に乗るだろうから誘いやすくなると思いますよ」

「演技をさせるか……しかし、自軍の兵全員に、策としての離脱であることを敵にバレずに伝えるのは困難だし、士気が落ちてしまう恐れがある」

今度はリーツからの指摘があった。

「そこは懸念すべきことだけど」

「まあ、士気に関しては上手くやれば何とかなるだろうさ」

兵の士気を上げる方法をミレーユは知っているようだった。

何度も兵を率いた経験があるから、自信はあるようである。

「離脱をさせるのは誰にする？」

「メイトロー傭兵団に離脱させるのが、一番真実味があるかと。土壇場で話が決裂して、離脱したとしてもおかしくはないですし。さらに敵はメイトロー傭兵団を警戒しているでしょうから、いなくなったと知ったら油断を誘えそうでもあります」

「メイトロー傭兵団なら奇襲をするのも上手くやってくれそうではあるね。問題は本当に離脱してしまわないかだけどね」

この場にクラマントもいるのだが、ミレーユは全く遠慮せず疑念を口にした。

「俺は別にその作戦に問題があるとも思わんし、やれと言われたらやるだけだ」

「どう思う？　坊や」

クラマントの言っていることは私は本当であると思う。

進化した鑑定スキルでもなお、本心を推し量ることは不可能であるが、ここで離脱する理由は薄いと思う。

奇襲を嫌っている性格ならまだしも、クラマントは勝つためには汚い手段でも問題ないと思うタイプであるだろう。リアリストであるようだしな。

「私はクラマントは信頼できると思う」

「じゃあ、アタシはその作戦で良いと思うよ。成功するかどうかは指揮官の腕にかかっていると思うけど」

作戦を考えたのだが、やるかどうか決定するのはルメイルである。

ルメイルは悩んだが、最終的に作戦を採用すると決定した。

最初にクラマントが離脱をした。

騙されてくれればいいのだが。


そして数時間後ついに敵軍が自陣のすぐ近くまで進軍してきた。

現状自軍はメイトロー傭兵団が離脱したということで、兵士たちに動揺した様子が見られた。

ここで士気を上げるための策を行う。

「よく聞け！　メイトロー傭兵団は離脱したが、本隊から援軍が来るという報告が入った！　援軍は数時間後に到着するだろうから、メイトロー傭兵団などいなくとも、十分勝利できるぞ！」

ルメイルがそう叫んだ。

もちろん援軍が来るなどという話は嘘である。

作戦の立案者はミレーユだ。

頭の良い者なら、嘘かもしれないと思うかもしれないが、だいたい普通の兵士はそれほど頭が良くないので、コロッと騙されるそうだ。

今回は離脱の影響で士気が下がっているので、兵がすぐ補充されると聞けば士気は上がるだろうとの予想である。

実際にルメイルが援軍が来るという情報を伝えたら、兵士たちの表情が明るくなり始めた。

不安を感じていたようだが、あっさりと払拭されたようだ。

そして、敵が視認可能な地点までやってきた。

遂に野戦が始まるか。

すぐ突撃はしてこない。一度進軍を止めた。

流石に考えなしで突撃してくるなんてことはなさそうである。

敵は見えてはいるが、平原だから見えているだけで、距離はだいぶ遠い。

こっちから弓を射たりして、攻撃を仕掛けることはまだ出来ない。

「来ないな……」

「こちらの動きを怪しんでいるのでしょうか？」

援軍がすぐに来るという情報は敵軍も知っている可能性があるが、仮にそうでも「すぐに来る」

という点はあり得ないと分かっているので、ここで躊躇《ちゅうちょ》する理由にはならないだろう。

敵軍を注意深く観察していると、ついに動きがあった。

大きな馬に乗った男が兵たちの前に出て、雄たけびを上げこちらに向かってきた。

それに大勢の騎兵が続いてくる。

騎兵の突撃を見て、兵士たちに準備をさせるようルメイルが合図を送る。

騎馬突撃の迫力を近くで見て私は身震いした。

訓練で何度か騎兵たちが走っているところは目撃したが、これほどまで多くの騎兵が走っているところは初めて目撃する。

馬が走ることによる地鳴りはかなりの大きさで、まるで地震でも起こっているのかと錯覚するくらいである。

前衛の兵があれを恐れてしまい崩れてしまうと、このままだと全軍が崩れてしまうだろう。

騎馬が弓の射程圏内付近に来たとき、弓を構えさせて一斉に弓兵が射撃を始めて、騎兵に矢の雨を降らせる。

ただ熟練した騎馬兵なため、上手く矢を叩《たた》き落としたり避けたりして、あまり当たらない。

そして魔法兵だが、今回は大型触媒機は持ってきていない。あれは攻城用のため、野戦では不向きだからだ。

それから限りある爆発の魔力水も攻城戦に使わないといけないので、今回使えるのは炎魔法と音魔法だけである。

攻撃出来る魔法に限って言えば、炎魔法だけだ。

中型と小型の触媒機を持つ魔法兵が炎魔法を一斉に準備し、放ち始めた。

何の対策もしていない弱い騎馬隊なら、この魔法攻撃であっさり殲滅《せんめつ》されたりするのだが、今回の相手は違った。

馬の上で魔法を使う、魔法騎兵がいた。

魔法騎兵が防御魔法を使い、炎属性の攻撃を防ぎつつ突撃してくる。

魔法は才能あるものしか使えないうえに、馬に乗りながら使うのは非常に難しいので、魔法騎兵は育てにくいが、魔法が飛び交う戦場で騎兵をうまく活かすならいないと難しい。

「防御魔法が何だ」

中型の触媒機を持っているシャーロットが呪文を唱え始め、ブレイズという強力な炎属性の魔法を使用。

低級魔法であるファイアバレットでも大爆発を起こすシャーロットが使ったブレイズは圧倒的な威力を発揮し、敵の防御魔法を木端微塵《みじん》に粉砕し、大量の騎兵を吹き飛ばした。

「おお！」

「流石はシャーロットだ」

これで相手に強い衝撃を与えたと思ったが、物ともせず突撃してくる。

「てめーら‼　この程度でビビったらあとで殺すからなぁ‼」

大声で叫んだのは敵の騎兵を率いている大男だ。

ハイパーボイスで声を拡張しているのかと思ったが、男が持っているのは触媒機ではなく長いハルバードなので地声なのだろう。

あの男はかなり有能なようだ。

私の近くで馬に乗って待機していたリーツが、馬に乗ったまま弓を構えて男にめがけて矢を放った。

万能であるリーツは、弓の扱いも上手だ。適性がAだからな。

男の移動速度も計算に入れ、正確に男の頭部に当たるよう矢をコントロールしたが、あえなくはたき落とされる。

連射するが、同じ結果だった。

「中々手ごわいですね」

相当高い武勇を持っていそうだな。

鑑定できる距離にいないから数値は分からないけど。

騎馬隊は歩兵の守る位置に突撃する。

この時、魔法騎兵が炎属性の魔法で防柵を破壊しようと、魔法を連打。

こちらの防御役の魔法兵が、防御魔法を使用しそれを阻止。

しかしいくつかの防柵は燃やされてしまい、その隙間から騎馬突撃が襲い掛かる。

槍を構えていた歩兵たちだが、騎馬隊の勢いに負ける。

このまま突撃されて崩れるのはまずいので、弱くなったところを即座にカバーに行かせ、援護させる。

しかし、勢いのある騎馬突撃を食らい前線の状況はかなり悪くなっているようだ。

「ふーん、思ったより練度が高いね。こりゃ普通に戦ってたら負けてたかもね」

ミレーユがのんきにそう言った。

「言ってる場合か。下手したら策があっても負けかねんぞ」

「それは大丈夫だ。上手い具合に劣勢になってるから、後退しても敵に罠だと思われないだろう。大崩れしたらまずいから、その前に何とかしないとね」

それからロセルとミレーユがルメイルに話をしに行き、全軍が後退を始めた。

後退戦が始まった。

元々後退戦というのは難しく、かつ敵が騎兵中心の軍ということは、さらに難易度が高まる。


「退けー!!　退けー!!」


ルメイルが全軍に指示を送る。

まず退却するには殿《しんがり》を誰かがやる必要がある。

殿が足止めをしている間に、後ろへと下がるのだ。

退却の指示が送られたら、事前に殿を務めることが決まっていた指揮官が兵を動かして、槍兵隊《そうへいたい》で騎馬隊の侵攻を食い止める。

しかし、そう簡単にはいかない。

騎馬は速く足止めがかなりしにくい。

通り抜けられる可能性がある。

特に練度が高く、馬を上手く操る敵だけにかなり避けられた。

それを魔法兵で援護を行う。

魔法で攻撃を加える以外に、音魔法で怯《おび》えさせるとか、炎の壁を作れば、人間は防御魔法で燃えないと知っているが、馬は怖がって近付けないので、足止めに有効な魔法を使いまくる。

足が止まっているうちに、槍兵たちが駆けつけて進めないようにする、といった戦法を使っていった。

敵の騎馬隊も鍛え上げられており、魔法に簡単に怯えないので、それでも足止めしきれない敵兵も出る。

そうなると、後退中の兵士たちを殿に出して止めなければいけない。

あまり殿に兵を使いすぎると、森で敵を囲う際に正面の兵が薄くなりすぎて、突破されかねない。

そうなると最悪の結末になるので、最小限の兵で敵を足止めする必要があった。

最初に殿を務めた兵たちが上手くやれたのか、足止めしきれなかった騎馬兵はあまり多くなく、後退中の兵から出した殿は少なく済んだ。

まだ後退している兵も多く、これならば正面突破されずに済む。

「あともうすぐで森か……」

何とか成功しそうだ。

仮に殿が失敗して、追いつかれ後ろを突かれたら、軍は総崩れ。私もその時は命があるのか分からない。

一応今は馬に乗ってはいるものの、あまり上手く操れないため、逃げ切れそうにはない。

そして、敵に追いつかれず、森まで進軍することが出来た。

「良かった……今日が命日にならずに済んだようだな」

「仮に追いつかれていても、僕がアルス様を死なせはしませんよ」

リーツが頼もしいことを言ってくれる。

「森まで来たが、敵兵はこちらに来るだろうか？」

ルメイルが質問する。

「客観的に見て、今のアタシたちは無様に逃げかえっているとしか見えないだろうね。ここで追撃を仕掛けなくてどうすんだって状況だ。ただ、敵将がよっぽど勘の良い奴なら別だろうが……先駆けしてきたあいつは、そんな奴には見えなかったね」

鑑定することは出来なかったが、私もそう思う。

こういう時は、多少無理してでも敵将の鑑定をしてもいいかもしれないな。

そうすればどう動くのかが、分かりやすいかもしれない。

「敵兵が森に突入したと情報が入った。策だと思っている様子はないようだな。かなり油断して森に入り込んできているようだ」

ミレーユの触媒機に報告がある。

どうやら作戦は成功しそうだな。

ひとつ気になる点があるのだが、森に入ってからメイトロー傭兵団の気配を感じない。

本当にいるのだろうか、不安に思う。

よほど隠れるのが上手いのだろうか。

私がキョロキョロと首を回して、どこかにメイトロー傭兵団がいないか探していると、それに気づいたミレーユが、

「待機してるって報告はある。それにアタシには分かるが、いるよ。わずかに気配を感じる。割と多くの兵が隠れているのに、こんなに微かな気配しか出さないのは、流石に有名な傭兵団なだけはあるね。どんな戦い方でもいけるみたいだ」

そう言った。

私はミレーユの言う事をとりあえず信じることにした。

森の中央辺りまで進んだら、ルメイルが後退をやめるように兵たちに指示を送った。

ここは負け戦で、退却して一度態勢を立て直すと思っていた兵たちに動揺が走る。

ここで初めて、森に離脱した傭兵がいるという事を兵士たちに説明した。

敵はもう近くまで来ているから、ここで説明しても問題ないだろう。

兵たちは作戦であると聞くと、落ち着きを取り戻した。

そして、陣形を素早く組む。

魔法兵や弓兵は木立ちの中に移動させ、メイトロー傭兵団と合流させる。

敵が来たときの側面からの攻撃のタイミングは、ほぼすべての騎兵が森に入ってからとメイトロー傭兵団には伝えてある。

敵の主力が騎兵なのは間違いない。

先行して攻めてきた騎兵を全部罠にかけて殲滅すれば、残りの兵たちでは敵に勝ち目はない。撤退して城に戻るしか選択肢はなくなるだろう。そうすれば勝ちである。

敵の騎兵が私たちのいる場所まで到達した。

「どうした、逃げるのを諦めたかぁ⁉」

先駆けで兵を率いていた大柄の男だ。

かなり調子に乗った表情で、そう言う。これが罠だと夢にも思っていないようだ。

鑑定してみると、名前はダン・アレーストというらしい。

統率が82で武勇が99あるが、他はかなり低い。騎馬適性がSと最高だ。

この武勇は捨てがたいが、奴はここで討ち取った方が勝ち易くはなりそうだ。

仕留めたら敵兵の士気は相当落ちるだろう。

「それとも立て直して勝てると思ったか？　ハハハ、馬鹿ども！　ここがお前らの墓場になるんだよ！」

　とテンプレートなセリフを吐いて、突撃してきたちょうどその時、森に隠れていたメイトロー傭兵団が敵に弓と魔法で攻撃を始めた。

「何⁉」

「伏兵だぁ‼」

　ベストなタイミングで、メイトロー傭兵団は奇襲を仕掛けた。

　敵は両側面から魔法兵と弓兵の攻撃を受けることになる。

　魔法騎兵での防御も、呪文を唱える必要があるため、奇襲には滅法弱い。

　メイトロー傭兵団は、弓も名手が多いようで正確無比の射撃が来る。

　完全な対応は不可能で、大勢の騎兵が短時間で討ち取られる。

「大将‼　後ろからも兵がぁ！」

「何だとぉ！」

　完全に包囲されていることに、今ここで敵が気づいたようだ。

　先ほどまで勝利を確信していた余裕の表情が、打って変わって焦りに変わる。

　しかし、その表情もすぐに変わり、落ち着いた表情になった。

「俺たちは罠に嵌《は》められ包囲された！　だが、まだ活路はある！」

　敵将ダンが声を上げて叫ぶ。

「正面にいる雑魚どもを蹴散らして、敵の大将を仕留めれば俺たちの勝ちだ！　野郎ども覚悟を決めろ!!」

ダンはそう叫んで馬を走らせ、こちらに突撃してきた。

大将が突撃したのに兵士たちもただ見ているわけにはいかないので、同じくこちらに騎兵たちが突入してくる。

「窮地になって逆に選択肢を狭めたか。覚悟を決めたやつの顔をしている」

「油断は禁物……ですね」

ミレーユとリーツがそう言った。

二人の分析は正しく、どうも背水の陣みたいな効果を発揮して、敵兵が死に物狂いで前進し、ルメイルの首を狙いに来た。

側面からの奇襲でも、統率が完全には乱れず、士気も保ったままとは相当訓練されている軍隊のようだ。

一度目の奇襲で伏兵がいることも敵には分かっているので、魔法攻撃も防御魔法で防がれ始める。

敵は一兵一兵が強力で、我が軍の兵士たちは押され始める。

特に敵の大将ダンの活躍はすさまじく、巨大なハルバードを一振りすれば、数人の兵が再起不能になっている。

ダンのその活躍を見ていたリーツが、

「倒してきます」

そう言って馬を走らせようとする。

確かにダンの働きはすさまじく、倒したら敵の統率は流石に取れなくなり、士気もがた落ちするだろう。

しかし、あんな強い奴と戦わせて、リーツが死ぬのはまずい。止めなくては。

「待て」

「しかし……」

「行かせてやりな」

ミレーユが横から口をはさんだ。

「今、奴の活躍を止めなければ、どうなるか分からないよ。ああいう奴は、罠にかけてもそれを力ずくで突破する時があるからね。アタシは所詮女だし、ああいうのには勝てる気はしない。やれるとしたらリーツくらいだね」

「だがな……」

「家臣の力を信じてやれないのは、いい主とは言えないよ」

ミレーユのその言葉が、少し心に響いた。

安全な采配をすることが家臣のためになるわけではない。

リーツも勝てないと思って言っているわけではないだろう。

「……あいつに勝てるか、リーツ」

「勝てます」

リーツは即答した。

ダンの強さは目の当たりにしただろうに、それでもリーツに怯えなどは一切感じられない。

自分が必ず勝つ、確かな自信を感じるような目をしている。

「分かった。あいつの首を取ってくるのだ」

そう命令をした。

「かしこまりました」

リーツはそう返答をし、即座にダンを討ち取りに行った。

○

アルスの命令を受け、リーツは敵将ダンのいる場所へ、馬を走らせた。

その手にはハルバードが握られている。

リーツは剣、弓だけでなく、長柄武器を使った馬上戦も得意としている。

特にハルバードは得意な武器の一つだった。

馬を器用に操り、リーツはダンの下へと向かう。

ダンは前線で積極的に戦っており、大きなハルバードを振り回して、兵士たちを次々に切り伏せていた。

「オラオラ！　雑魚はどきやがれ!!　用があるのは大将の首だけだぁ！」

「ひぃぃ！」

前線にいたのは、訓練を積んだ勇敢な兵士たちだけであるが、ダンの気迫に押されて怯えてしまっている。

リーツは、ダンの前に立ちふさがり、ハルバードを受け止める。

一太刀交えただけで、ダンのパワーが並外れていることを知った。

逆にダンも、リーツの実力を即座に見抜いた。

リーツは、しなやかな体をしているが、その体にはかなりの筋力を秘めている。

決してダンとも力負けすることはない。

「ほう、マルカ人にも強者がいたとは初めて知ったな」

リーツの姿を見て、ダンは意外そうな表情を浮かべる。

「マルカ人が俺たちミーシアン人の戦場に何の用だ？」

「無駄話をするつもりはない。あなたの首をアルス様に捧《ささ》げる」

リーツは鋭い目つきで、ハルバードを構えた。

「お前を家臣にした変わった領主がいるようだな。まあ、強ければマルカ人だろうが、ゴリラだろうが家臣にする価値はある」

ダンもそれに合わせて、ハルバードを構える。

「貴様を殺す男の名を教えておこう。ダン・アレーストだ」

「……リーツ・ミューセスだ」

名乗り終えたら、二人は馬を走らせ、斬り合いを始めた。

達人級の腕前を持つ二人の馬上戦闘は圧巻だった。

本来は安定感に欠け、武器を操りにくくなる馬上にも拘わらず、自由自在にハルバードを操る。

一心同体になっているとしか思えないほど、馬を効果的なタイミングで下がらせたり、横に跳ばせたりして、攻撃を回避したり、敵の死角に入り斬撃を入れようとする。

傍から見たら、ほぼ互角の戦いをしている二人であるが、焦りの表情を浮かべていたのはダンだった。

（っち、この野郎……見た目に反して力が強い……さらにハルバードを振る速度、攻撃のフェイント技術……間違いなく只者《ただもの》ではない……）

ダンは現状、防戦一方になっており、攻撃の手段がなかった。

「はぁあああ!!」

ダン以外の敵の騎兵が突撃してくる。

リーツは攻撃を難なくかわして、敵の胴体をハルバードで一刀両断した。

ほかの兵に気を取られたことで、リーツは隙が出来た。

ダンは正々堂々という気持ちなど持ち合わせておらず、殺せそうなら殺す男である。

その隙を見逃すはずもない。リーツの首を狙い、ダンはハルバードを振るった。

当然リーツも、隙を作ったらやられるという事は、豊富な戦闘経験から理解していた。

すぐにダンの攻撃を察知して、受け止められない位置に来ているので、体を反らせてハルバードを回避。回避と同時に、左手でナイフを瞬時に取り出して、ダンがハルバードを振るう速度を利用して、待ち構えるように斬りつけた。

「ぐっ‼」

ダンの右腕から血が飛び出る。

リーツは、手ごたえから深い怪我を負わせたという確信があった。

今、自分のハルバードを受け止めることは出来まい。

思い切りハルバードを振りかぶって、ダンに斬りかかった。

ダンは受け止めるが案の定、腕に力が入らず握れていなかったため、ハルバードを落としてしまう。

間髪いれずにリーツは、ダンの首をハルバードで斬りつけた。

ダンの首が、血をまき散らしながら空中に舞い上がる。

リーツはその首をキャッチ。

そして、首を掲げて、

「ダン・アレーストを討ち取った‼」

リーツの叫び声が、戦場に轟《とどろ》いた。

○

あの強そうな大将と渡り合い、最終的に討ち取るとはリーツはやはり凄い。

私は結構心配していたが、全くの杞憂だったようだ。

とにかくこれから、敵は統率が取れなくなるだろう。

ダンが討ち取られたことで、物凄く動揺しているようだ。

「いまだ！　一気に敵を倒しつくせ‼」

前線に行ったリーツが、そう叫んで兵たちを奮い立たせた。

押され気味だった前線の兵たちは、勢いを取り戻し、狼狽《うろた》えている敵の騎兵たちを次々と討ち取っていく。

副将のようなものが、頑張って兵の統率を立て直そうとするが、残念ながらあまり力がないようで、上手くいっていないようだ。

遂に猛攻に耐え切れなくなった敵兵たちが、散り散りに逃げだして行った。

森の方向に逃げた騎馬兵たちは、まともな道がなく森になっているので、スピードが出せずに弓兵や魔法兵の格好の的となり、討ち取られていき、後ろに逃げていった兵たちは、メイトロー傭兵団に討ち取られていった。

大勢いた騎兵のほとんどを討ち取ることに成功した。

それも短時間での大戦果である。

まだ敵の大将を討ち取るまでは至っていないが、騎兵を倒したという事は、敵は大きな武器を失ったこととなる。

「このままの勢いで、敵軍の大将も討ち取るぞ！」

私の予想では相手は逃げると思っていたが、包囲された騎兵を助けるため、森の近くまで敵は進軍してきていた。

数は完全にこちらの方が多く、さらに敵は主力の騎兵が壊滅している。その上、急いで援軍に行こうとしているので、陣の構築が上手くいっておらず、戦闘をする準備が出来ていない。

勝利はほぼ確実であるように見えた。

まず最初に、ダンの首を取ったという事を敵軍に知らしめる。

相当名の知れた人物だったようで、敵軍に衝撃が走った。

それを見て、メイトロー傭兵団が先駆けて突撃。

クラマントが先頭を走り、五百とそれほど多くない数の騎兵での突撃であったが、凄まじい強さで敵を討ち取りまくり、敵軍を大混乱させる。

それを見たルメイルが、総攻撃を指示する。

「敵将ジャンを討ち取れ！」

このタイミングで大軍に攻められ、敵の兵は怯え何人か脱走する兵たちが現れている。

ただ敵将ジャンに引く気はないようで、

「我々に引くという選択肢はない!!　戦うのだ!!」

音魔法を使って指示を飛ばしていた。

しかし、誰の目から見ても敵が劣勢であるのは明らかであった。

数で劣る上に統率も崩れており、立て直すことは出来ていなかったので、あっさりと敵兵たちを討ち取ることが出来た。

援軍に来た兵たちも、負けを確信すると退却を開始した。

そして、最終的に敵将ジャンを討ち取ることに成功し、戦の勝利が決まった。

○

敵将を討ち取った後、私たちはロルト城まで進軍し、城を占拠した。

敵兵はほぼ出撃していたため、城の中の兵は最低限しかおらず、城主を討ち取ったと言えば、あっさりと降伏して開城した。

ロルト城を落とした理由は、バートン軍の存在があるからだ。

援軍に来た兵――五千はいたが――全部を討ち取れたわけではないし、郡にいるすべての兵が援軍に来たというわけではないので、バートン郡にはまだ、残りの兵もいる。

リスク度外視で攻めてくる可能性は低いが、ゼロではないため無視はできない。

当初は進軍を止めるだけでいいと言われてはいたが、バートン軍の存在があるとなると、ロルト城を押さえるのは必須であるだろう。

ロルト城を押さえてさえあれば、バートン軍も不用意に動くことは出来ないはずだ。

それから城を落とした後、ロルト城では、祝勝会を行う事になった。


「いやー、今回は大勝利であった！　アルス、お主のおかげであるな！」

酒に酔い、顔を赤くしたルメイルが、上機嫌でそう言ってきた。

こちらの被害は最終的にそれほど多くなかっただけに、大勝利と言えるだろう。

「いえ、今回も私の力というより……リーツを始めとした家臣たちのおかげです」

「確かにお主の家臣たちはみな優秀で羨ましいのう。リーツは一騎打ちで、あの勇猛なダンをうち取ったし、天晴であるな」

ルメイルはリーツの事を褒めた。

リーツの事を話題にするのはルメイルだけでない。戦いぶりを見た兵士たちは、その勇猛ぶりについて興奮した様子で語っていた。

敵将を討ち取ったリーツは元々、マルカ人という事で、多少軽んじて見られていたが、今回の件で軽んじるのは間違いであると知らしめたため、人気が上昇していた。

反面、差別意識が消えない者は、リーツがチヤホヤされ始めたことが気に入らないようである。

そういう者たちに、リーツを傷つけさせないようにしないといけないが……まあ、リーツは精神的にも肉体的にも強いから大丈夫か。

「久しぶりのまともなご飯！　美味すぎる！」

戦場の食事に不満を持っていたシャーロットは、がつがつと食事を貪り食っていた。

確かに、ずっとまずい飯を食べてきただけに、今回のようにちゃんとした美味しい食事を取れると、いつも以上に美味しく感じる。私もシャーロットほどではないが、食が進んだ。

「わっはっはっは！　もっと酒を持ってこい！」

戦中は酒を禁じられていたミレーユも、久しぶりに酒を飲めて上機嫌そうだ。今日くらいは羽目を外してもいいだろう。

私が隅の方で食事をしながら祝勝会の様子を見ていると、ロセルが難しい顔で考え込んでいたので、少し気になった。

彼は祝勝会など、騒がしいことには積極的には参加しないタイプだ。

酒の飲めない年齢だからという理由もある。

この世界でも子供は酒を飲んではならない、と思われているからな。

だが、それにしても、やたら考え事をしているようなので、何か不安があるのか気になった。

家臣の不安を聞くのは主の仕事であるし、ここは聞いておこう。

「ロセル。どうした。考え事か？」

近づいて、私はそう尋ねた。

「うん、ちょっとね……アルスは、皆の様子を見てどう思う？」

「どうって……大勝利して、楽しそうで良い事だと思うが」

「甘いよ甘い！　勝ってみんな浮かれちゃってるけど、援軍を阻止して、この城を占拠したことは、決して勝利であるとは言えない。やっぱり本隊がスターツ城を落とさないとね」

ロセルがそう忠告した。ロセルはどうやら戦の今後が気になって、仕方がないようである。

「それはそうだな。だが、援軍をスターツ城に行かせさえしなかったら、大丈夫なんじゃないか？」

「楽観的すぎだよ～。とにかく今すぐ戦況を調べさせて、それに応じて援軍を出すべきだね。まあ、楽勝ムードなら、引き続きバートン軍に睨《にら》みを利かせ続けるのがいいと思うけど」

「確かに気を緩め過ぎたらいかんな。スターツ城を落とせたのなら、クラン様からの使者が伝えてくるはずだろうが、そのような報告は一切受けていないようだし。少なくとも現時点では勝敗は決していない可能性が高い」

スターツ城は難攻不落の城と呼ばれているらしく、平地の多いミーシアンにしては珍しい山城のようだ。攻めあぐねていたとしてもおかしくはない。

「まあ、確かにそうだな……」

「シャドーの人たちにスターツ城の様子を調べてもらった方がいいよ！　入った情報次第で、今後の動き方を決めよう！」

ロセルが熱心にそう勧める。

頭のいいロセルにそう言われると、私も何だか不安になってきた。ここはロセルの言う通りシャドーにスターツ城の様子を調べてきてもらおう。

私はファムを呼んだ。

ファムは祝勝会に参加していたが、それはメイドとしてだった。自分では酒などを飲んでおらず、素面《しらふ》のままである。こういう時でもスムーズに話が出来そうで、良かった。

「で？　頼みって何だ？」

「スターツ城の様子を探ってきてもらいたい」

「また情報収集か。そんなの斥候にやらせりゃあいいだろう」

うんざりしたような表情でそう言う。

「お前たちが一番早くて正確なんだ」

シャドーは工作だけでなく、情報収集も正確でかつスピーディーに届けてくれる。シャドーの実力からすると、もうちょっと高度な任務を任せてもいいかもしれないが、まずは情報が必要だし任せた方がいいだろう。

「まあ、別にいいが。金は貰うぞ」

「分かってる」

ファムは、少し文句を言ったが、依頼を受けた。

そのまま、仕事をしに行くと思ったが、ファムは私に話しかけてきた。

「なあ、お前、人の能力が見極められるんだったな」

「ああ、そうだが」

ファムには初めて会った時、性別が男であると見抜いた際、性別を見抜けた理由として、鑑定スキルの事をある程度説明していた。

「オレの能力はアンタから見て、どんな感じだ？　有能か？　無能か？」

「え？」

あまりそういう事を聞いてくる性格だと思っていなかったので、驚いた。自分の能力に関しては全て把握していて、絶対の自信を持っていそうな人物だと思っていた。

教えるのに特に抵抗はなかったので、私は話す。ファムの能力は計ったことがあるが、万能型ではないにしろ、武勇と知略は非常に優秀だ。有能な人材だと言える。

「ま、聞くまでもないか。オレは有能だろう」

「そうだけど。随分な自信だな」

「自分の能力はある程度分かる。だが、人の能力は分からないし、他人に自分の能力を伝えるってのは案外難しい。アンタの能力は上に立つ人間なら誰だって欲しいだろうな。オレだって欲しい、傭兵団の団長としてな」

鑑定スキルの事を褒めるような事を言ってきた。

「アルス・ローベント。アンタはもしかしたら、大物になるかもな」

ファムはそう言った。割と会う度なめられているような気がしていたが、割とファムは私の事を買っていたようである。結構意外だった。

「じゃ、仕事に行って来るよ」

ファムは仕事をしに行った。

何かもっと言いたいことがファムにはあったような感じがしたが、気のせいだっただろうか。

まあ仮に、言いたいことがあるのなら、待っていればそのうち言って来るだろう。

慌てて聞き出すこともないか。

スターツ城の情報をシャドーが持ち帰ってくるまで、私たちはロルト城で待機することになった。

二章　スターツ城攻略戦

アルスたちが、ロルト城を攻め落としている時、クランたちはスターツ城侵攻作戦を行っていた。

敵は街道の要所を守るための布陣を取っていたのだが、クラン軍とは兵数に大差があった。

圧倒的兵差に敵軍の士気も著しく落ちており、大した抵抗も出来ずに、あっさりと撤退していった。

「もう少し敵軍は時間を稼ぎたかっただろうに。あまりにも余裕であったな」

敵軍を撤退させた後、クランは余裕の表情でそう言った。

「思ったより、敵軍は兵数が少ないかもしれません。スターツ城は名城とは言え、兵数に大差がついた状態で守り切る事は不可能でしょう」

クランの右腕ロビンソンが戦況を冷静に分析する。

「こちらは魔力水も十分にある。魔法が主流となった今の戦では、守りが堅牢《けんろう》な城でも、落とすことは可能だ。このままの勢いで攻め続けるぞ！」

クラン軍は間違いなく高い士気を維持して進軍を続けていたが、落とし穴があることに気付いていなかった。

○

スターツ城、執務室。

ベルツド郡長のカンセス、トーマス、それからスターツ城城主のステファン・ドルーチャが、戦についての話し合いを行っていた。

「敵軍の勢いが予想以上に強い……このままでは、このスターツ城と言えど、あっさりと落とされてしまう……」

カンセスは、気落ちした様子で呟《つぶや》いた。

「だ、大丈夫でございます、カンセス様！　我がスターツ城は、数万の軍勢を防いだこともある、名城でございます！　敵の勢いがいかに強かろうと、防いでみせましょう！」

そう言ったのはステファンだ。

強面で大柄の男である。顔に傷が複数入っており、戦場で幾度となく戦ってきたということが窺《うかが》い知れる。

ステファンの言葉に、トーマスが反論する。

「ステファン殿、確かにスターツ城は堅牢だ。だが、魔法が戦場で使われだした今の時代は、どれだけ城が強くても、落とされちまいます。特にクラン側には爆発の魔法水が大量にありますしね」

「む、むう」

トーマスの言葉にステファンは反論できない。彼もそれなりに実戦を知っているだけに、トーマスの言っていることが正しいとは分かっていた。

「だから守り切るためには、城の堅さに頼ってちゃあ駄目です。こちらから色々仕掛けねぇと戦には勝てねぇ」

ニヤリと笑いながらトーマスは言う。

「何か勝てる方法を思いついたか？」

その様子を見て、カンセスがそう尋ねた。

「魔法が怖いなら魔法を使えなくするのが一番です。敵軍の爆発の魔力水を狙います」

「……確かにそれはいい作戦だが、敵軍も魔力水の重要性くらいわかっているだろう。そう簡単にやらせてくれるだろうか？」

「俺はクランって男を知ってますが、あの男は有能だし文武に秀でていますが、ツメの甘いところがある男です。そこがバサマーク様との大きな違いです。敵軍は、圧倒的に優位な立場にいますから、気が緩んでいてもおかしくはない」

「むう、そう上手くいくだろうか」

「まぁ、任してくださいよ」

ちょうどその時、トーマスの元に身軽な格好をした男が報告をしに来た。

「敵軍が魔力水の輸送を開始しました」

「よし、来たか」

「敵の護衛兵も予想より少なかったです。しかし、一つ問題が……」

「何だ？」

「魔力水は分散して運んでいるようで、どれが爆発の魔力水なのか判断が出来ません」

「分散して運んでいるのか。炎の魔力水をいくら失わせても、爆発の魔力水があるとなると、あまり意味がないからな……クランも思ったより隙がなかったか？」

城の機能を破壊してくる爆発魔法を使われるのが一番問題である。分散して運んでいるとなると、特定が難しい。賭けで襲うしかなくなる。トーマスは博打は嫌いだった。

「トーマス様！」

どうするか悩んでいると、再びトーマスの部下がやってきた。

彼は複数の部下を使い、クラン軍の状況を探らせていた。

「サムク城あたりで情報を収集していたら、爆発の魔力水を運び出している隊の情報を入手しました。爆発の魔力水は五隊に分けて別々に運送しているようです。現在それぞれの隊をマークしております」

「その情報は確かか？」

「はい。どうやら敵軍は連戦連勝で気が緩んでいるようすでして、酒盛り中に酔った兵士が、情報を漏らしていたようです。何人も漏らすものがいたので、間違いないと思われます」

「そうか。やはりクランはかなり気が緩んでいるようだな。兵たちに、気を引き締めるよう徹底していなかったようだな。どうも、もう勝った気でいるみたいだ。早速出るぞ」

トーマスが立ち上がる。

「もう行くのか？　しかもお主自ら」

カンセスが驚いて尋ねた。

「早くやんないと手遅れになりますからね。こんな重要な作戦、俺が出ないでどうしますか」

「た、確かにそうだな……分かったトーマス。頼んだぞ……」

「絶対に成功させてきますよ」

自信満々な表情で、トーマスはそう言った。

○

トーマスは、少数精鋭の部隊を五部隊編成し、それぞれを伏兵として道に忍ばせて、敵の輸送隊が、通りがかるのを待った。

一部隊だけ先に潰した場合、ほかの四部隊に情報が行って、警戒を強められる恐れがある。そのため、同時に襲撃する必要があった。

それぞれの隊は違うルートで輸送しているため、同時に襲撃をするには、音魔法で連絡を取り合う必要があった。

特定の触媒機に音を送る音魔法トランスミットは、距離に制限がある。強い触媒機を使うと、その分、遠くまで音を送れるようになるが、大型の触媒機は巨大で移動させにくいため、使うのは難しい。中型の触媒機で届くか微妙なところだったが、恐らくいけるだろうとトーマスは判断し、全部隊に中型触媒機を持った魔法兵を同行させている。

トーマスは自分で部隊を率いず、五部隊が配置されている位置の真ん中付近で、音魔法を持った魔法兵と共に、各部隊に指示を送っていた。

トーマスは冷静に、襲撃を指示するタイミングを計り続ける。

そして、各部隊から、敵の輸送隊の姿が見えたという報告が来る。

「襲撃の合図を送れ」

近くにいた魔法兵にそう命令した。

魔法兵が音魔法を使い、各部隊に指示を出した。

その合図を聞いた部隊が一気に襲撃をかける。

トーマスに次々と襲撃成功の報告が入る。襲撃が成功したら、速やかに戦場から離脱して戻ってくるよう、指示を出してあった。

襲撃を掛けた五部隊の内、四部隊は完全に成功したようだが、一部隊相手に手練れがいたのか、かなり手こずってしまい逃がしてしまったようだ。

「まあ良い。一部隊逃したが戦果は上々だ。引き上げるぞ」

トーマスは魔法兵と一緒にスターツ城へと戻った。

○

「どういうことだ⁉」

爆発の魔力水を輸送していた五部隊がピンポイントで狙われ、うち四部隊が魔力水をロストしてしまったという報告を受けたクランは、顔を赤くして激高した。

「どうやら、こちらの情報が漏れていたようです。分散して運んでいたのが、結果的に裏目に出ましたね」

「むう……一気に運ぶと、何か予期せぬ事故が起きたり、敵が襲撃してきたりしたら、魔力水をすべて失ってしまうという、最悪の結果になりかねないので、分散して運んでいたのだが……残った一部隊が運んできた爆発の魔力水はどれくらいだ」

「正直少ないです。スターツ城を破壊できるほどの量は、ございません」

ロビンソンの言葉を聞いて、クランはさらに表情を渋くする。

勝ちが濃厚な戦だっただけに、その報告はクランにとって、かなり痛いものとなった。

「使わない分の魔力水は、センプラーに残しておいたな。それを運ばせろ」

「かしこまりました……しかし、時間がかかってしまいますが……」

「だからこそ、すぐに連絡を入れるんだ。このまま冬入りしてしまったら、ベルツド攻略が大幅に遅れてしまう」

「了解しました。すぐに使いをセンプラーまで出します」

ロビンソンは早速行動を開始した。

クランは唸《うな》りながら、渋い表情で腕組みをした。

○

翌日、軍議が開催され、そこで私はシャドーにスターツ城の情報を集めてくるよう依頼を出したと伝えた。

しばらくはその結果を待ちながら、バートン軍の動きを警戒するという方針を取ることになる。


そして、数日後、シャドーからの報告が来た。

「スターツ城の様子を掴《つか》んできたので、報告します」

シャドーが掴んだ情報を報告してきたのはベンだった。

相変わらず覚えづらい地味な顔だが、流石に鑑定せずとも判別できるくらいにはなった。

「頼む」

「まずスターツ城ですが、まだ落とすことは出来ていないようです。かなり苦戦を強いられているようです」

苦戦しているのか。

数の上では勝《まさ》っているが、堅い城であるためそう簡単に落とせないかもとは思っていたが、予想は的中していたか。

「やはりスターツ城は、かなり堅い城なのか」

「城が堅いというのもありますが、ベルツド城からの援軍としてやってきた兵たちに、かなりやられてしまっているようです。魔力水を輸送している部隊を奇襲されて、その結果爆発の魔力水を多く失ってしまったことが、苦戦の大きな一因になっているようです」

それは厳しいな。

爆発の魔力水は、城を崩すには必須と言える攻城兵器だろう。

元々魔法が効きにくい城というだけに、それを多数失った状態で戦をするのは、非常に厳しい状態と言える。

これは思ったより、まずい状態かもしれない。

「今はどうしてるんだ？　追加で爆発の魔力水を届けさせているのか？」

「ええ、ですが、届くころには本格的に冬になって、戦の続行が難しくなる可能性もありますが」

現在六月に入っており、流石に肌寒い季節となってきた。

確かに早々に戦を終わらせなければ、冬入りしてしまう。

すでにスターツ城の近くに陣は取っているだろうから、戦自体が出来なくなるというわけではないかもしれない。

ただ雪が降り積もると、兵糧や資源などが運び辛くなるので、そういう意味では戦えないだろう。

六月の下旬辺りから、七月の上旬までが一番寒い時期で、それを乗り越えれば雪も解け始めて戦えるようになるだろう。

それほど長い期間ではないのだが、一日でも早く戦を終わらせた方がいい現状では、二十日くらい何も出来なくなる可能性があるのは、喜ばしい事態とは言えないだろう。

「報告ご苦労だった」

私はベンにお礼を言ったあと、貰《もら》った情報をルメイルに伝えた。

ルメイルは渋い表情をして、感想を漏らす。

「何と……そこまで状況が良くないとは……我らに出来ることは何かあるだろうか？」

「援軍に行くべきですね。このロルト城にもいくつか爆発の魔力水の備蓄がありますし。足りるかは分かりませんが」

「クラン様を援助すべきというのは間違いない。問題はその方法だが」

「方法ですか？」

普通に駆けつける以外、ほかに方法があるのだろうか？

「普通に駆けつけるという方法以外に、別方向から敵を攻撃して虚を突くという作戦もある。防御魔法にはどこか手薄な場所があって、奇襲気味にそこを攻められると弱いという特徴があるからな。ロルト城からスターツ城へ行くのは二つの道があり、我々が行軍してきた道とは別に、もう一つ小さめの道がある。そこを通って奇襲を仕掛ければ、上手くいくかもしれない」

敵がロルト城陥落を知っていた場合は、守りを固められている可能性もあるが、それでも奇襲気味に行った方が効果的な攻撃が出来そうではあるな。

「奇襲した方がいいと思いますが……みんなで話し合って決めたほうがいいと思いますね」

「それは私も同意見だ。決めるのはなるべく早い方がいい。お主の優秀な家臣たちをすぐに集結させてくれ」

「かしこまりました」

家臣たちを集めて軍議が始まった。

まず私の口から、現在のスターツ城の戦況を説明した。

「なるほど……それは厳しい状況ですね……」

リーツが感想を漏らした。

「師匠の弟が来てたって話だけど、スターツ城の防衛戦には参加してるのかな？」

「十中八九してるだろうな。敵の弱点を的確に突けとは、このアタシが教えたことだ。今回の戦では、その教えが守られているみたいだねー」

その教えのせいでクランが苦しんでいるというのに、他人事のようにミレーユは言った。

昔の話だろうから、別に悪びれろとは言わないがな。

「とにかく厳しい状況なので援軍に行くべきだと思うのだが……敵の不意を突く形で援軍に行ければ、より効果的であると、ルメイル様と話していたのだ」

「そうだ。皆の意見を聞かせてもらいたい」

ルメイルがそう言った。

「この城にある爆発の魔力水はどのくらいだ？　それによって話は変わってくるね。多ければ、普通に届けるのが無難だね」

「大体３００Ｍほどだ」

これは軍議を開く前に、私が調べておいた。

「３００とはまた微妙な。大型の触媒機で魔法を一発ぶっ放すのには、30Ｍくらい必要だからな。奇襲で防御魔法が薄い場所を狙うのなら、シャーロットが使うなら、二、三発で壁を壊せるだろうが、正面から防御魔法ありだと３００では壊せないだろうな」

「ならばやはり奇襲しかないか」

「ほかにも、奇襲に見せかけて陽動するという手もある。これをやる場合は、クラン……様と事前に連絡を取り合って、緻密な連携を行う必要があるけどね」

「陽動か……」

「まあ、アタシは奇襲が好みかな。奇襲の場合は、まず敵の弱い位置を見つけ、そこにシャーロットが爆発魔法を撃ちこんで、防壁を壊す。そして、防壁から一気に兵を流し込んで、敵の城の門を開けたり、防御魔法の機能を壊したり、散々荒らしまわる。そして、本隊に城を攻めさせて陥落させる。こんな感じの作戦になるだろう。敵の城に潜入するときは、かなり戦えそうで面白そうではある」

面白いか面白くないかで、作戦を決めてもらいたくはないが、まあ、奇襲が一番効果がある気はする。

「俺も奇襲で良いと思うけど……問題はどこに城の弱点があるかですね。城の構造が書かれた書物ってありませんか？」

ロセルがルメイルに尋ねる。

「書庫を探させたら、スターツ城の構造が単純に書かれた地図はあった。どこに罠《わな》があるとか、そういう軍事機密になることは書かれていなかったが」

ルメイルは机の上に、スターツ城の構造が書かれている地図を開いた。

「かなり大きな範囲を城壁で囲ってるね……これは包囲して兵糧攻めにするのは難しそうだね……」

城壁内部には町がある。戦で民間人を巻き込んでしまう可能性もありそうだ。

「弱そうなのはここだな」

ミレーユがある一点を指さす。

北西にある城壁だ。

「何で分かる？」

「防御魔法を使用するには、魔法兵の存在が必要不可欠だ。質の高い魔法兵が防御魔法を展開すれば、防御力が高くなるのだが、この広い城壁だと一人で全てを担当するのは不可能だろう。最低三十人くらいは必要かな？　その上で、一番重要なのは、南側、正門付近の守りで、ここを突破されると大量の軍勢が雪崩《なだ》れ込んでくるから、守りを固めなければいけない。その点、北西には門がなく、さらに斜面になっていて、攻め辛い。ここから攻めてくる確率は低いだろうから、比較的質の低い魔法兵が防御魔法を担当しているだろう」

「なるほど……でも、そうなるとここから攻めるのは難しいってことでもあるよな？」

「クラン様と連携すれば、成功する確率は高められると思うよ。攻めるフリをさせて、正門の警戒感を高めさせるとか。色々方法はあるかな」

正門の警戒感が高まれば、奇襲に対する警戒は薄くなる。

そうなると、作戦の成功確率も高くなるか。

「一度クラン様に連絡をした方が良さそうだな。具体的な作戦はクラン様から、本隊の情報を聞いて決めよう」

ルメイルはそう言って、書状を書きクランに送った。

○

クラン軍の本陣。

スターツ城付近に布陣していた。

本陣の椅子に座り、クランはこれからどうするかを考えていた。

（やはり待つしかないか……戦の出だしは良かったが、こうなるとはな……）

今回の戦は、最初はかなり有利に進んでいた。

街道に布陣したベルツド城からの援軍を、初戦では大いに敗り、敗走させる。

それからも、勝ち、スターツ城の近くまで進軍することが出来た。

しかし、まさかここに来て、爆発の魔力水をほとんど失うことになってしまうとは。

残りは少なく、元々優秀な魔法兵の少ないクラン軍では、この量では城壁や城門を破壊するのは不可能だと言えた。

現在は布陣した場所から動けず、魔力水の供給を待っているが、冬が本番になれば運送速度が遅くなるので、そうなると運ぶのに時間がかかり、長い間戦が出来なくなり、敵に時間を与えることになる。

現状それは避けるべきであると、クランは思っていた。

兵糧の問題もある。

元々潤沢な量、兵糧を用意してはいたが、あまり長引きすぎると、一度撤退して、態勢を整える必要が出てくる。

諸々の理由から、本格的に冬に入る前にスターツ城は陥落させておきたいと、クランは考えていた。

（しかし、現状を考えると、それは難しい……防御が薄そうな場所はあるが……そこを突破するのも現状の爆発の魔力水では無理だ。仮に突破しても、攻めづらい場所の防壁を崩すことになるため、よほど敵の隙を突かない限りは、攻め込むのは困難だ……）

クランは、これはもう犠牲は覚悟で、魔法の力に頼らずに力で落とすしかないのではないかと、思い始めていた。

多くの犠牲を出してでも、スターツ城は陥落させる価値のある城だった。

だが大量の犠牲を出す覚悟をして、攻めたのにもかかわらず落とし切れなかった場合、甚大な被害を受けた状態で、撤退する羽目になる。

そうなると、今まで攻め落としてきた城も取り返される可能性もあり、努力が完全に水の泡と化してしまう。

それだけは何としても避けなければならなかった。

「アルスとその家臣たちがいれば、この状態を打開する策を打ち出してくれそうなものだが……」

ロルト城からの援軍を止めるというのも、重要な任務であるため、信頼できる者に任せることにしたのだが、その判断は間違っていたのかもしれないと、クランは思い始めていた。

「クラン様、書状が届きました!!」

そんな時、兵士が急いで飛び込んできた。

「誰からだ」

「ルメイル様からのようです」

ルメイルは、アルスの上司である。

即ちアルスからの策が書かれているかもしれないと思い、クランは急いで書状を開けた。

そこには奇襲作戦を考えているから、本隊と連携したいという事が書かれていた。

（奇襲か……なるほど……これならこの状況を打開できるかもしれない。私が力攻めをする動きを見せれば、敵軍はこちらの動きに注視せざるを得なくなるだろう。そうなるとほかの守りは疎《おろそ》かになる……問題はルメイルに預けた兵だけで足りるかということだな。城内は城内で多くの兵がおり、簡単には防衛魔法を使っている魔法兵のいる場所までたどり着けないだろう。現在後方にいる兵たちを二千ほど、敵に気取られないよう動かして、ルメイル軍と合流させるのがいいだろうな）

クランはそう考えて、急いで書状をロルト城まで送った。

○

スターツ城、執務室。

敵軍の魔力水を失わせる作戦を成功させた後、再びカンセス、トーマス、ステファンで軍議を行っていた。

「戦況は悪くないな」

カンセスが現状を考えてそう言った。

「数の上では不利と言わざるを得ませんが、トーマス殿の作戦のおかげで、敵の魔力水を大幅に失わせることに成功しました。力押しでくるかもしれませんが、それで落とされるほど、この城は脆《ぜい》弱《じゃく》ではありません」

ステファンが自信満々に言った。

「こうなると敵はしばらくは攻めてこられんでしょうが……クランという男を侮るのは良くないと俺は思いますね。このままやられっぱなしで終わるとも思えない。何か隠し玉を持っているかも」

「何だ隠し玉とは」

「これは確定した情報じゃねーですが、俺の姉っぽい奴を敵陣で見たって報告がいくつか上がってきてるんですよね」

「お前の姉というとミレーユか？」

「そうです。まあ、重用はされていないようなんで、そこまで危険視する必要もないかもしれねーですけどね。信頼を得てなければ、能力を生かすことも出来ませんから」

「ミレーユはかつて、凄まじい才能の女が出てきたと騒がれておったが……流石に弟に敵対は出来ぬのではないか」

「ミレーユの奴が隠し玉でないにしても、油断をするのは駄目ですから、ここで敵の弱点を突き、一気に勝ちまで持っていきます」

そう語るトーマスを、カンセスは驚いた表情で見る。

「突いたら一気に勝てるような弱点が敵にあるのか？」

「あります。クラン本人です」

トーマスの返答を聞き、カンセスは怪訝《けげん》な表情を浮かべる。

「クラン本人？　なるべく敵を褒めたくはないが、優秀な男であるのは間違いないぞ。私も何度か一緒に戦った経験がある」

「優秀であるが故に弱点なんですよ。今回の戦、本来ならクラン本人はセンプラーにいて、侵攻は家臣に任せるべきでしょう。クランが死ねば負けも同然ですからねー。奴が死ねばほぼすべての貴族はバサマーク様に降《くだ》る。クランには嫡男がいますが、未熟な嫡男に付く貴族は少数派です。大きなデメリットがあるけど、クランは優秀であるがゆえに、今回の侵攻を他人に任せておけず、自ら指揮を執ってんですよ」

「戦場に出ているクランを討ち取るのか？　確かにそうできれば一番であるが……可能なのか？」

「自分が死ぬのは一番まずいと分かっているでしょうから、当然周囲の警護は万全ですよ。でも、そこはほら、俺が何とかしますよ。人を殺すのには色々方法がありますから、一番確率の高い方法を試します」

トーマスが自信満々に豪語した。

「頼もしい奴だ」

「ああ、クランを討ち取る計画は俺が進めてるんで、お二人はこの城の防御を固めておいてください。成功するとは限らないんでね。失敗したら結局この城で戦う事になるんで」

「了解した」

トーマスは、クランを殺害する計画を立て始めた。

○

クランからの書状が、ここロルト城へと届いた。

ルメイルが書状を開き、中身を読み上げる。

内容は奇襲作戦についての書状だった。

最初に「現在苦境に立たされており、奇襲作戦は大変助かる。ありがたいかぎりである」と、褒め称えていた。

我々の兵だけでは足りないかもしれないから、いくらか兵を貸すと、兵の受け渡し場所や時間を指定した上で書いてあった。

それから、今日から三日後にスターツ城へ攻め込むので、それに合わせて奇襲をしてくれとも書いてある。

何か問題がある場合は返事を寄越し、問題が無い場合は、すぐに行動を開始せよとの命令で書状は締めくくられていた。

「皆の者、どう思うか？　すぐに行動を開始していいだろうか？」

ルメイルが質問をする。

「この作戦に特に問題点はないかと思います。行軍しながら城の情報を確認し続けておく必要はあると思いますけどね」

リーツがそう言った。

ロセルやミレーユも、特に反対意見は言わなかった。

ロルト城からスターツ城までは、三日かかる。

クランが攻めるタイミングに合わせて行動をするのなら、今すぐにでも出陣した方がいいだろう。

元々すぐにでも行動を開始できるよう、準備は済ませてある。

「よし！　スターツ城へと進軍する！」

ルメイルがそう号令を出して、私たちはロルト城からスターツ城へと向かった。

○

道中、なるべく敵に動きを気取られないよう、慎重に兵を動かしながら、着実にスターツ城へと向かっていた。

シャドーにもスターツ城周辺の動きを探らせる。

何か起こった場合、シャドーへの依頼を変更する際、ファムが近くにいたほうがいいので、諜《ちょう》報《ほう》活動は部下に任させて同行して貰っていた。

途中、クランの派遣した兵と落ち合い、数が増えた。

これで奇襲の成功確率も上がるだろう。

そのあと、シャドーから報告を受けた。

報告をしに来たのはベンだ。

「スターツ城で妙な動きが確認されました。魔法部隊が外に出たようです。大きめの触媒機を持ち、なるべく気づかれないよう、移動しているそうです」

「どこに？」

「山の上だそうです。本隊が陣取っている様子を一望できる山だそうですね。奇襲を狙っているのでしょうか？」

ここで奇襲をして、クラン軍にダメージを与えるつもりなのだろうか。

ロセルがベンに質問をする。

「その山っていうのは、トーライ山ってところ？」

「はい、それです」

「ここらではトーライ山くらいしか、本隊を一望できる山ってないけど……でも妙だね。一望できるって言っても、結構離れてるから、ここまで魔法を届かせることは出来ないし……歩兵を隠すとかなら分かるけど、大型触媒機じゃ進軍速度が遅くて、届く場所まで進軍している間に、バレるからね……どういうつもりなんだろ」

敵の狙いはロセルには読めないようだ。

「なるほどね。トーマスの奴の考えそうな手だ」

ミレーユがそう言った。

「わかるのか？」

「ああ、奴は恐らくクランの命を取る気だ」

「なぜ分かる？」

ミレーユが、敵の動きの意味が分かると言ったので、私は質問した。

「敵軍にアタシの弟がいるとは、前に言ったよな。多分そいつが考えた作戦だ」

弟の考えることは分かるという事か？

「どんな作戦なんだ？」

「大型の触媒機から攻撃は届かないが、今回の戦で有効となるのは、攻撃魔法じゃない。レインという魔法がある。短時間だが局地的に大雨を降らせる魔法だ。この魔法ならばクランのいる場所に、雨を降らせることが出来る」

「雨を降らせて……どうするんだ？」

「クランの陣取っている土地。そこは少し街道の整備が甘く、さらにぬかるみ易い性質の地面だ。雨が降ると機動力が奪われる。さらに、雨音でほかの音を聞こえにくくする効果がある。こうして機動力、聴覚を奪い、奇襲を成功しやすくするのが、トーマスの作戦だ。恐らく触媒機の部隊のほかに、気づかれずに奇襲部隊を動かしているのだろう」

「その奇襲でクラン様を殺すと……」

「そういう事だ」

そう上手くいくのかという疑問もある。

そもそも、山に向かっている大型触媒機をクランはなぜ潰さないのだろうか？

私は尋ねてみる。

「なぜクラン様は、敵の大型触媒機を黙って山に向かわせているんだ？」

「敵の狙いが読めないからだろう。一見戦とは無関係なところに、兵を向かわせているとなると、それに兵を割く余裕はないだろうな。罠か何かである可能性も考慮しなくてはならないしな」

確かに敵の狙いが分からない以上、下手に動くのは命取りになる。

「クラン様が殺されるのは、我が軍にとっては非常にまずい事態ですよ」

リーツがそう言った。

それは私もよく理解している。

クランがいなくては、この軍の正当性が失われ、瓦解するだろう。

私も出世がなくなるどころか、立場が怪しくなる可能性がある。

それだけは避けなくてはならない。

「今すぐ山に向かっている部隊を倒すように、クラン様に進言しなくては」

「それじゃあ、間に合わん可能性が高い……そもそも、気づいたのが遅くて、もう物理的に間に合わないという可能性もあるな」

「そ……それは……」

「間に合わん可能性もあるが、絶対間に合わんとは言っていない。助けは出した方がいいだろう。なるべく早く現場に行けて、さらに奇襲からクランを救い出せるほど強い奴を」

そう言われて、私の頭にシャドーのファムと、ベンの姿が思い浮かんだ。

現在ちょうどファムがここに残っている。

今すぐ頼むことが可能なはずだ。

「シャドーに任せよう」

「密偵傭兵《ようへい》か……まあ、それが一番いい方法かもしれないね」

「すぐ、依頼してくる」

私はファムのもとに駆けつけ、依頼をした。

「総大将が死にそうなのか。それはまた大変なことだな」

依頼を聞いたファムは、他人事のようにそう言った。

まあ、実際彼からしたら他人事なのかもしれない。

「報酬は貰えるか？」

「あ、ああ、いくらでやってくれる？」

「金以外のものが欲しいな」

これまで大体金を報酬に要求してきただけに、私はその言葉を意外に思った。

「何が欲しいんだ？」

「オレたちを家臣にしてくれ」

「何？」

「前から傭兵って奴が、どうも不安定であまり好きじゃなくてな。先代から引き継いだんで仕方なくやってたが、仕官してもよさそうな奴がいたら、そいつに仕官しようと思ってたんだ」

「私は仕官しても良さそうなのか？」

「ああ。他人の能力を見抜く力といい、上手く誰かを説得する力といい、お前には見どころがあるからな。仕えてやってもいい」

物凄く上から目線で仕官してもいいと言ってきたが、私もシャドーが仕えてくれるのは、喜ばしいことである。

この前、斥候を依頼したとき、何か言いたそうにしていたが、もしかして仕官の話だったのかもしれない。だいぶ私を買っているような発言をしていたし、気のせいではないかもな。

ファムを家臣にするというのは、私としてもお願いしたい事である。シャドーの力は、いまの私たちにとっては必要不可欠な物である。

「分かった。お前の仕官を受け入れよう」

「交渉成立だな。末永くよろしく頼むぜ。ま、あくまで成功したらだけどな」

最後に不吉な一言を残して、ファムはクランを助けに向かった。

○

クランはスターツ城を落とすための作戦を決行するのを、待ち続けていた。

明日にはスターツ城への総攻撃を開始する予定だ。

ルメイルの軍が、きちんと作戦通りに動いてくれれば、敵の城を上手く制圧できるはずだと、クランは確信していた。

（……一つ気になることがある）

それはちょっと前、敵陣から大型触媒機を持った部隊が離れ、戦場から遠いトーライ山に向かったということである。

どれだけ考えても、今トーライ山に兵を配置する理由が思い浮かばなかった。

あそこからでは絶対にここまで魔法を届かせることは出来ない。

ただ敵将にトーマスがいるという事で、何らかの策である可能性も考えられる。

非常に気持ちが悪いが、どういう策か分からない以上うかつに行動することは出来ず、監視することしかできなかった。

「すみませんクラン様……こういう敵の策は私が見破らないといけないのですが……」

クランの右腕であるロビンソンが、悔しそうに言った。

「自分を責めるなロビンソン。何、これが敵の策と決まったわけではない」

クランとしては敵の策が読み切れていない以上、あれは敵にとってもイレギュラーなトラブルによる行動で、決して何かの狙いがあるわけでなければいいと思っていた。

すると、いきなりざぁーと雨音が聞こえてきた。

ただの雨ではなく、結構な大雨である。

「雨ですか？　先ほどまでは晴天だったはずなのに……」

「珍しいな……」

先ほどまで晴れていたのに突然雨が降るという事は、珍しいがあり得ない話ではない。

ただ、クランは胸騒ぎを感じていた。

「クラン様!!」

クランの下へ、魔法兵が駆けつけてきた。

かなり慌てているようである。

「どうした」

「この雨は魔法によるものです！　恐らくトーライ山の大型触媒機によるものでしょう！」

「水属性の魔法か……？　ベルッドでは水の魔力石も採れるとはいうが……しかし、狙いは……」

「奇襲です！　そうとしか考えられません！」

ロビンソンが大声でそう言った。

「今すぐ兵に戦闘準備をさせねば……しかし、この雨では指示が届きにくい……魔法兵！　音魔法を使うのだ！」

「かしこまりました！」

魔法兵が準備をしているまさにその最中、

「うわあああ！」

「て、敵だぁ‼」

兵たちの叫び声が聞こえ始めた。

「しまった！」

指示を出す前に奇襲を受けてしまった。

これでは兵が混乱し、指示が通りにくくなるだろう。

クランは自身の経験から、今がかなりの苦境であると認識した。

「狙いはクラン様の御命です！　ここはお逃げください！」

それはクランも分かっているが、そう簡単に敵も逃がしてはくれないだろう。

逃げ場を上手く塞ぎながら、奇襲を仕掛けているに違いない。

雨によって、敵の接近に気づきにくく、かつ行動力も落ちている。

今ここで下手に動いてしまったら、討たれてしまう可能性が高かった。

とにかく声が届く位置にいる兵に声をかけて、自身の周囲の守りを固めた。この状態で援軍が駆けつけてくるまで、凌《しの》ぐつもりである。魔法兵には、とにかく兵たちに落ち着いて、自分がいる場所まで駆けつけるよう、音魔法による命令を出させ続けた。

ただ敵兵の動きは思ったより機敏で、もうクランの周辺まで到達していた。

兵の質がかなり高い。クランの周辺には当然精鋭しかいないのだが、それが押されているくらいだ。

遂に一人の敵兵がクランに斬りかかってきた。

何とか自身の持っていた剣で応対し、逆に斬り捨てる。

今度は数人の兵が同時に抜け出してきて、クランの首を取りにくる。

何とか対応しようとするが、雑魚が数人ならまだしも全て手練れの兵たちだ。

三人は斬り殺せたが、残りの一人が、クランの首にめがけて剣を振る。

（避けられん！　死ぬのか⁉　こんなところで！）

死を覚悟したが、途中で何かが、クランを斬ろうとした兵の首に突き刺さり、大量の血を吹きだして兵は絶命した。

誰かがナイフを投擲《とうてき》したようだ。

驚いて投げた者を確認すると、まるで子供にしか見えない男、ファムの姿がそこにはあった。

ファムはクランの奇襲に何とか間に合った。

ほかの兵たちもバッサリと斬り捨てる。

少女にしか見えない者が、あっさり敵を斬り殺す姿に、流石のクランも驚愕《きょうがく》した。

だが、驚いてばかりもいられない。

自分も剣を取り、迫りくる兵士たちを倒し続けた。

ファムとクランが目立って敵を倒す中、地味にベンも着実に敵を斬り倒していく。地味であるが、確かな実力をベンは持っていた。

周囲はすっかり乱戦になっている。

クラン、ファム、ベンは三人で背中合わせになった。

「お主見たことがあるぞ。アルスに仕えていたメイドだろう」

ちらっと見ただけであったが、クランには見覚えがあった。

「……オレはシャドーだ。アルスの依頼でアンタを助けにきた」

攻めくる敵を、冷静に斬り倒しながら、ファムは名乗った。

「アルスからよく聞いている。来てもらったのに悪いが、この窮地……凌げるか？　敵が多すぎる」

兵たちは非常に統率されており、混乱している隙を突き、クランのいる場所まで一斉に攻撃を仕掛けていた。

いくら精鋭で固められているとはいえ、これでは対処が難しい。

「大丈夫だ。策は打ってある。そろそろだな……」

「そろそろ……？」

クランが疑問に思っていると、いきなり夜になったかのように、周囲が真っ暗になった。

戦場が困惑する声に包まれる。

それと同時に、剣を打ちつける音や、敵に斬りこむ時に上げる雄叫びが、全く聞こえなくなった。

歴戦の勇士たちばかりの戦場であったが、昼であった戦場がいきなり暗闇に包まれるという経験は皆無で、戦うのを一時中断したのだ。

戸惑うクランの耳に、ファムは口を近づけ、

「決して暴れたりするな。数分しか持たない」

クランだけに聞こえるようにそう言った。

そのあとファムはクランの手を掴み、戦場を走り出した。

そのあと、ほぼ暗闇の世界をまるで見えているかのように、ファムとベンは動き回り、戦場から誰にも気づかれずに脱出した。

脱出した後、全速力で戦場から遠ざかる。

「今のは？」

「影魔法の一種だ。影魔法の魔力水は貴重なので、あまり使いたくなかったが、あれで全部使い果たしてしまった。しばらくは商売あがったりだ」

「後で報酬をやろう。助かった。心の底から礼を言う」

「報酬は雇い主から貰うが……まあ、くれるものは貰っておこう」

クランたちは、少し高いところまで行き、遠くから戦場の様子を眺めていた。

数分後、ファムの言葉通り魔法の効果が切れる。

効果が切れたあと、クランのいる場所ではなく、戦場から「クランを見つけたぞ！」という音魔法で増幅された声が鳴り響いた。

「あれもお前の策か？」

「念のためだ」

影魔法と音魔法の攪乱《かくらん》のせいで、敵兵は統率を失い、徐々に押され始める。

状況の悪化を察したのか、あっさりと撤退していった。

「引くか。ロビンソンらが無事ならいいが……とりあえず私はすぐに戻って、兵たちに無事を知らせなければ」

先ほどの奇襲は、トーマス自らが率いていた可能性が高いとクランは考えていた。それだけ統率の取れた兵たちだった。

つまり今のスターツ城には、トーマスがいないだろう。

今がスターツ城に攻め込む好機である。

混乱した兵たちを早々に統率し、スターツ城へ攻め込む指令を一刻も早く出さなければならなかった。

自分の姿を見せなければ、味方は纏《まと》まらないだろうから、クランは自陣へと早急に戻った。

「クラン様！　ご無事でしたか！」

本陣に戻ると、ロビンソンがクランを出迎える。

すでに暗闇も消えており、雨もやんでいた。

「お主も無事だったか。ロビンソン」

「はい。クラン様がご無事で何よりです。何とか兵たちをまとめて、敵を追い払った甲斐《かい》がありました」

「兵をまとめてくれたのか。流石はロビンソンである」

「勿体《もったい》ないお言葉です。それで、そちらの方がクラン様を助けてくれたのでしょうか？」

クランの近くにはベンはいたが、ファムはいなかった。

「もう一人いるのだが……あまり注目を集めたくないのであろう。密偵だからな」

「密偵……もしやアルス様が言っていたシャドーですか」

「ああそうだ。本当にいい働きをしてくれた」

「本当に何度も助けてもらっていますね」

「そうだな。いい家臣を持ったものだ」

奇襲に気付き、ベンとファムを派遣したアルスを、クランは褒め称えた。

「さて、こうして話している時間も本当は惜しい。今すぐ軍を立て直して、スターツ城へと進軍を開始する」

「今すぐですか？　奇襲を受けたばかりで、兵たちは動揺しております」

「奇襲を受けた直後だからこそだ。敵将には恐らくトーマスがいた。奴は現時点で外に出ているため、戻るまで奴はスターツ城防衛の指揮を執ることが出来ない。トーマスがいなければ、敵は臨機応変に動けなくなり、ルメイルの奇襲も通りやすくなるだろう」

「なるほど……しかし、兵の動揺はどうやって抑えますか？」

「それは何とでもなる」

クランは魔法兵を呼んで、ハイパーボイスを使わせた。

そして、自分の声を大きくして、力強く自分の生存をアピール。

敵は大失敗したと、堂々とした声で宣言し、今こそがスターツ城を落とす、最大の好機であると演説をした。

兵が動揺したときは、大将自ら堂々と声をかけるのが一番効果的であると、クランは良く知っていた。

クランの無事を知り、さらに今がチャンスであると言われた兵たちは、士気が上昇する。

「よし、それでは全軍に音魔法で、出撃するという合図をせよ」

「はっ」

魔法兵が、クランの指示に従い音魔法を使用し、ほかの場所に陣を構えている隊に合図を送る。

スターツ城攻略のための、決戦が始まろうとしていた。

◯

「クランの命は助けた。そのあと、すぐにスターツ城に向けて、兵を進めた」

ファムとベンが成功の報告をしてきたので、私はだいぶほっとする。

ここでクランが死んだら、大変な事になってしまうからな。

「よくやった」

「約束は守れよ」

「間違いなく守る。お前たちは今日から私の家臣だ」

「ありがとよ」

まあ、正直こっちにしてもシャドーの面々が家臣になるというのは、ありがたい話なので、褒美を出しているという感覚はない。

「今度ほかの仲間も紹介してやる。家臣になったんだからな。だが今はほかにやるべきことがあるだろうから、あとでな」

「分かった」

まだファムとベンしか、シャドーのメンバーは知らない。

ほかに何人いるかも知らないので、結構興味はあったが、ファムの言う通り今はそれどころではない。

クランがスターツ城へ進軍を開始したらしい。

かなり動きが早い。

とにかくルメイルに報告して、こちらも出撃をしなければならない。

私はルメイルに、報告をした。

「流石クラン様だ。動きが早い」

「トーマスの奴は、奇襲をするとき、自ら兵を率いるからな。確かになるべく早く侵攻するのは、理にかなっている」

ミレーユがクランの行動の速さを評価した。

「クラン様が侵攻したというのなら、我々も手筈《てはず》通りに、スターツ城へと奇襲を仕掛ける。今すぐ準備をせよ」

ルメイルの命令で、準備を始め、そしてスターツ城へと向かって侵攻を開始した。

私たちは、スターツ城の北西を目指して進軍する。

なるべく早く、しかし敵に気取られないよう気を配りながら、進軍をする。

敵に気取られずに到着した。

話の通り、城の北西は斜面になっており、城壁を壊しても入り込むのには時間がかかりそうだ。

現在、正門では本隊が攻城戦を仕掛けているようで、かなり騒がしくなっている。

これにより、敵は正門にくぎ付けになっているだろうが、それを加味しても奇襲が成功すると、確信を持つことは出来なかった。

「さて、すでに本隊は戦闘を開始したようだ。我々も一刻も早く、城壁を破り、城内へ侵入する必要がある」

ルメイルがそう言って、魔法兵に準備を促した。

魔法を放つのに使用するのは、大型触媒機だ。

大型触媒機はロルト城に三つだけあったので、それを持ってきて使用している。三つには事前に魔力水を満たして、それを横一列に並べている。

爆発の魔力水はそれほど多くないため、一番魔法を使うのが上手い者だけが魔法を使用する。

この隊で一番魔法が得意なのは、当然シャーロットだ。

爆発の魔力水で満たした大型触媒機をシャーロットが操作し、呪文を唱えて爆発魔法を使用した。

城壁に命中する前に、見えない壁に阻まれた。防御魔法である。

一撃で壊すことは出来なかった。

流石にスターツ城の守りは固い。

「むぅ……次ー」

一撃で壊れなかったのが、シャーロットは不満なようだ。

一発で大型触媒機の魔力水が空になるほどの魔法をシャーロットは使用したため、次の魔法を使うため隣に置いてある触媒機を使う。

三発で壊れなかったときのために、最初に使った触媒機にほかの兵たちが魔力水を満たすのも忘れない。

シャーロットが二発目を使用。

まだ壊れない。

二発も使っていると、敵の軍勢はもう奇襲には気づいているだろう。

急いで壊さなくては。

そして三発目。

防御魔法を壊して、壁にひびを入れた。

「よし、あと一発！」

シャーロットはもう一発を急いで放ち、見事スターツ城の城壁を破壊することに成功した。

「さて、メイトロー傭兵団、先陣を頼む！」

「了解」

城壁が壊れたあと、最初に城に侵入する役目は、メイトロー傭兵団が務めることになっていた。

先陣は重要な役目で、危険度も高い。

傭兵団は務めてくれないだろうと、最初は思っていたが、ルメイルの打診にあっさりとクラマントは首を縦に振った。

どうやら、クランから報酬としてもらう金は、かなり多額らしい。契約期間中は絶対服従に近い扱いになっているようだ。

クラマントは傭兵団の面々を集めて、斜面を駆け上がり、城壁が崩れた場所へと向かった。

どうも、敵兵が崩れたところに駆けつけているようだが、想定外な攻撃なためか、岩を転がすだとか、魔法の罠を仕掛けるだとか、そういう事は出来ていない。

達人級の強さを誇るクラマントが、先頭で斬りこんで、それに団員たちが続き、敵兵を蹴散らしている。


「我々も続くぞ！」


優勢であると見ると、ルメイルがそう号令を出した。

今回、私やルメイルは後方にいるのだが、最後は城に入り込む予定である。

全軍を突入させるため、下手に外に残っていても危険であるので、一緒に行くしかない。

そのため、今回は下手をしたら剣を取って戦う羽目になる可能性もある。正直、私は強くないので、よほど弱い兵士相手じゃないと、まともに戦えないと思うが。

ロルト城に残っておけば良かったと、今更ながら思ったが、来てしまった以上あとの祭りだ。

私の横にいるロセルも、同じように思っているのか若干震えていた。

戦いはクラマントのおかげなのか、かなり有利に進んでいるようで、どんどん兵が城内に入り込んでいっている。

クラマントの次はリーツが率いる兵たちが、そのあとミレーユが率いる兵たちがと、質の高い隊から先に突入していく。

クラマント隊は先陣で入り込んだ後、正門を開ける役目があり、リーツ隊とミレーユ隊は、魔法兵を排除する役目を負っていた。

非常に広い城ではあるが、こちらも結構な数の兵を連れてきている。その上、クラマント、リーツやミレーユが率いている隊もあるから、効率よくやってくれるだろう。

クラマントがあっさり突入に成功した時点で、成功率は高そうだと思っていた。

○

リーツとミレーユは、隊を率いて城壁内部に侵入し、魔法兵の排除を試みていた。

防衛戦における魔法兵の働きは大きい。

防壁を守るための防御魔法を使う役目であったり、城にある大規模な罠を発動する役目、大規模な攻撃魔法を発動する役目、とにかく色々仕事がある。

最初に一刻も早く排除しておく必要があった。

「重要な役目を負っている魔法兵は、そう簡単には見つからない場所にいるからね。見つけるのは面倒だ。敵に聞くのが一番手っ取り早いだろうね」

「……拷問する気か？」

「嫌かい？」

「いや、そうではないけど、話す奴がいるのかな」

「さあね。まあでも、誰だって痛みは怖いものだし、その恐怖に耐えきれない奴は必ずいる。ただそいつが情報を知っているかは、何とも言えないね」

「知ってそうな奴を捕まえて聞くしかない……か。なるべく早く済ませないといけないけど、間に合うだろうか」

「間に合わせないとねぇ」

ほかに有効そうな方法もないため、リーツとミレーユは行動を開始する。

「二手に分かれようか。アタシは右側、アンタは左側で探してくれ」

「分かった」

リーツとミレーユは二手に分かれて、情報を知っている者を探し始めた。

スターツ城は、城郭都市である。城が中央にそびえ立ち、その周囲に市民の住んでいる家々がある。

今回は襲撃に備えて、住民たちは全員家に閉じこもっているようだ。通りを歩いている者はどこにもいない。

リーツは町中を進みながら、どうやって情報を持っている者を探そうか考えていた。

（闇雲に探しても見つかるものじゃないよな。軍の偉い者が知っているだろうけど……町中に待機している隊を奇襲して、その隊長に話を聞こうか）

敵兵は、半分以上が、スターツ城の外で門を守っている。破られた場合に備えて、正門真後ろに兵を配置して対応できるようにもしている。それから、城本体の防衛にも、兵を割かないといけないだろう。

ただ、それ以外にも、まさに今のような奇襲に備えて、町中に兵をある程度配置しているはずだ。

ただ、奇襲はあまり想定していないだろうから、それほど質の高い兵は置かれていないとリーツは予想していた。

その証拠に、クラマントにあっさりと突破を許していた。

リーツは兵を率いて、敵を探しながら町中を歩いた。

充分に周囲を警戒しながら、先に敵に見つからないように歩く。地の利は敵にあるため、油断して歩くことは出来ない。

歩いていると敵を先に発見した。

敵が侵入したという事で、慌てふためいている様子が見て取れる。どう見てもあまり経験豊富な兵たちではない。

リーツ達は丁度敵の背後にいた。

今がチャンスと思い、リーツは配下の兵たちに突撃するように指示を出す。

相手は攻撃を食らってからようやくリーツ達の存在に気付く。

「て、敵襲!!」

率いていた隊長も大した能力はなく、あっさりと隊は壊滅状態にさせられた。

リーツは隊長を捕縛する。

（さて、こういうのは得意じゃないんだけど、やらないといけないか）

「お、俺は何もしゃべらんぞ！　主君を裏切るような真似は恥である！」

そう言ったが震えているのは明らかだった。

「この城には重要な魔法兵が動かしている施設がいくつかあるはず。それを教えてくれ」

「教えん……っていうか知らん！　忘れたそんなもの！」

「教えないと……痛い目に遭うよ」

「ま、待て本当に知らんのだ！　俺は頭が良くなくてな！　物覚えも悪いし！」

リーツは正直嘘《うそ》は吐いていないと思った。

確証はないが情報を知らない者に時間をかけ過ぎるのもまずい。

ここは自分の勘を信じ、聞き出すのをやめて、ほかを当たることにした。

捕縛した隊長は、縛った状態で放置して、別の場所を探す。

すると、今度は逆に側面から奇襲を受けた。

リーツは素早く指示を送り、兵を落ち着かせて対応。

自分に向かってくる敵兵を次々に斬り倒す。

ただ、中々敵が手ごわい。

後方にこのレベルの兵がいるのは、リーツとしても予想外であった。苦戦を強いられる。

すると、

「てめぇらそこまでだ!!」

と大声が響き渡る。

しばらくすると、筋骨隆々だが背丈は低い少年が出てきた。

槍《やり》を持っており、頰に傷がある。

年齢は十五歳前後とまだ若い。

「お前強そうだな。一騎打ちしようぜ。お前が勝ったら何でも言う事聞いてやるぜ」

いきなり一騎討ちを申し込まれ、リーツは少し混乱する。

何らかの策の可能性もあるので、返答せず相手の出方を見る。

あまり策を考えられそうなタイプではなさそうだとリーツは思ったが、人を見た目で判断すると痛い目に遭うこともある。

「俺が勝ったら……そうだな。手下になってもらうぞ。マルカ人だろうが何だろうが、強ければ大歓迎だ」

「一騎討ちとは、どちらかが死ぬことで決着が付くものだ。勝っても僕を手下には出来ないだろう」

サマフォース帝国の習慣では、戦場での一騎討ちはどちらかが死ぬことで決着が付く。途中で降参したり情けをかけたりするのは、御法度だ。

とはいえ古いルールなので、現代では破られる事も時折ある。

「あ？　そーだっけか？　じゃあ今回は特別ルールで、なるべく殺さないようにって事で。死んだらそん時はそん時だ」

何とも強引なところのある男だ。

リーツはどうするか迷う。

少し戦って分かったが、相手は後方にいるとは思えないほど、精鋭ぞろいだ。

下手に戦ってしまうと、負けてしまう恐れがある。

勝ったとしても、かなり時間を取られることは間違いない。

一騎打ちでも勝てるとは限らないが、勝負がつくのにそう時間はかからないだろう。

敵の策略の可能性もあるが、どうもそういう感じには見えない。

そもそも、この隊長の男が止めるまでは、敵が不意を突いた形になっており、リーツが立て直したとはいえ、敵の方が有利なのには変わりなかった。

策など使わず、そのまま戦っていた方が良かったはずだ。

彼らがこの強さで前衛ではなく、後方待機になっているのは、この状況で一騎打ちを本気で仕掛けてしまう、隊長の状況の読めなさが原因なのかもしれない。

仮に罠だったとしたら、その時はきちんと対処すればいいと思い、敵がしかけてきそうな事を瞬時にいくつかシミュレートしてから、

「分かった、受けよう」

と言い、前に出た。

「一つ聞くが、お前はこの城にある、重要な魔法施設の場所を知っているか？」

勝ったら何でもすると言っていたので、教えてもらおうとリーツは考えた。

さっきの隊長のように、場所を忘れている可能性も高いが、一応尋ねてみる。

「あー？　えーと、防御魔法を発動させてる場所は知ってるぞ。それから、城の入り口に仕掛けられている罠を発動する場所も知ってる。あとはー、いざという時、町を燃やすための罠もあるから、それを発動させる場所も知ってるぞ。今町燃やしたらとんでもないことになるから、多分使わないと思うけどなー」

知っているようだ。嬉《うれ》しい誤算である。

罠の内容をペラペラと喋《しゃべ》っていることから、やはりこの男は頭脳派ではなさそうだとリーツは思う。

「僕が勝ったら、その情報を教えてもらう」

「な、何!?　貴重な軍事機密を教えるのか！　それはやばいことだってのは流石の俺でも分かるけど別にいいだろう！　なぜなら俺は最強で誰にも負けないから！」

自信満々なようだ。

頭の方は単純そうだが、その実力は決して低くなさそうだ。

リーツは緊張感を高めながら、ハルバードを構える。

「俺の名は、ブラッハム・ジョーだ！　スターツ城の最強の問題児とは俺の事よ！」

胸を張りながら、大声で名乗りを上げる。

問題児って、そんな胸を張りながら言う事か？　と疑問に思いながら、リーツも名乗る。

「リーツ・ミューセスだ」

こちらは特に異名は名乗らなかった。そんなものを名乗りで使うのは恥ずかしいし、以前聞いた自分の異名は気に入らなかったからだ。

名乗り終わり、しばらく睨《にら》み合った後、一騎打ちが始まった。

ブラッハムは素直に真っすぐ距離を詰め、特にフェイントも入れず槍で突きを入れる。

思ったより速いスピードだったが、単純すぎる動きだったので、リーツは難なく回避する。

ただ、一度回避した後、すぐに二度目、三度目の突きが来る。

相当な速度で何度も突いてくるので、避けるだけで精いっぱいで、反撃することが出来ない。

頬や腕などを槍がかすめて、血が流れる。

ブラッハムは急所を狙ってきている。

なるべく殺さないようにと言っていたが、そんなことは忘れているのか殺す気満々にしか見えない。殺さずに相手を制圧するには、普通は武器をはたき落とすなどの方法を取るはずである。

リーツはこのままではまずいので、とにかく相手の間合いから出る必要があると思い、大きく二歩後退した。

　距離を詰めてなお突こうとしてくるブラッハム。

　リーツはハルバードを全力で振り、相手の持つ槍をはたき落とそうと試みる。

　これは受けてはならないと、ブラッハムは本能的に感じたのか、槍で受けず一歩後退した。

　それを見たリーツは反撃のチャンスであると見て、すかさず、ハルバードを振る。

　手数《てかず》を多くするため、少し威力は下がっており、ブラッハムも今度は槍で受け止めて対処する。

　しかし、弱くなっていると言っても、それでも一撃一撃が重いため、受けるたびに腕に強い痺《しび》れが走り、反撃に転じることが出来ない。

　リーツはこのまま押し切ろうと思うが、ブラッハムは高い身体能力を発揮して攻撃をかわし、逆にリーツの脳天めがけて突きを放《はな》った。

　何とか上体を反らして突きを回避。そのあと、咄嗟《とっさ》に後退して距離を取った。

「やっぱり思った通り強いじゃねーか。楽しくなってきた」

　純真な子供のような笑みをブラッハムは浮かべる。

　斬り合うのが楽しいという感情を持ったことは、リーツはなかったので危険な奴だと思う。

「さて、大技行くぜ！」

　興奮したように叫んだブラッハムは、大きく後ろにさがってから、こちらに向かって走り出す。

　途中でジャンプした。生身の人間とは思えないほど、高く跳んでいる。

　そのまま、下にいるリーツに槍を向けて、全力で突きに行く。

「ドラゴンスピア!!」

技名を叫ぶ。

ド派手な技で、当たると確かに盾や鎧《よろい》でもあっさり貫けるくらいの威力はありそうだが、所詮は真っすぐに突いてくるだけなので、避けるのは容易い。

リーツはさっと横に避ける。

ブラッハムの槍はレンガ造りの道に深く突き刺さる。

「ぬ、抜けねー!! おい! 避けるなんて卑怯《ひきょう》だぞ!」

「い、いや……普通避けるでしょ」

あまりの馬鹿な行動にリーツは呆《あき》れる。

「とにかく僕の勝ちだね」

リーツはブラッハムの首元に、ハルバードを突き付ける。

「て、てめぇ……そ、そんな方法で勝って嬉しいのか? ひ、卑怯な手を使って勝っても嬉しいっつうのか?」

まるで卑劣な罠に嵌《は》められたと言わんばかりの表情で、ブラッハムはリーツを睨み付ける。

「君が自爆しただけだから……」

リーツはさらに呆れた。

「約束だから情報を話してもらうよ。まさか、破るとは言わないな? それこそ卑怯だよ」

「ぐ……」

ブラッハムは唇を噛《か》みしめて悔しそうな表情をする。

観念して、重要な魔法施設がある場所について知っていることをリーツに全て話した。

○

リーツが情報を聞き出していたころ、ミレーユも同じく情報を聞き出そうとしていた。

同じく、市街に配置されていた練度の低い敵を強襲し、隊を率いていた隊長を捕らえることに成功した。

「さて、聞きたいことがあるから、話してもらおうか。スターツ城の魔法施設に関して聞きたい」

「は、話すか！　絶対話さんぞ！」

敵の隊長は二十代前半ほどの年齢で、若く、知らない可能性もあるとミレーユは思っていたが、様子を見る限り知っていそうなので、ラッキーだと思う。

「強がってるけど体は震えちゃってる。可哀そうだねぇ。でもこれは戦だから容赦はしないよ。恨まないでくれ」

「うっ……！」

ミレーユは笑みを浮かべて、拷問を開始しようとする。

まずは爪を責めるという簡単な拷問をやろうとすると、

「や、やめてくれ!!　話す！　話すからぁ！」

とあっさりと降参した。

「何だ。降参するのか。楽でいいけど、アンタ情けないねぇ」

「ぐぅ……」

「じゃあ、早速案内してくれよ。一番近くの重要魔法施設がある場所までさ」

男は力なく頷《うなず》く。

ミレーユは男を縛ったまま案内をさせた。

○

一番乗りで城壁内に侵入したクラマントは、正門を内側から開けるという任務を果たすべく、まずは正門の場所を確認した。

民間人でも知っていることなので、民家に避難している者たちから聞き出した。

そのあと、正門付近が現在どのような状況になっているかを偵察で確認させる。

その結果、正門を開けるのは難しいという事が判明した。

「正門付近には敵兵が集まってます。ありゃ、突破するのは難しいですぜ」

現在クランが正門を突破しようと攻城戦を仕掛けているので、正門の付近には敵兵が集結していた。

現在の状況で、仮に不意を突けたとしても正門を開けるのは非常に難しいだろうと、偵察兵の話を聞いて、クラマントは思った。

「無理なことはやるべきではないが……何もしないとなると、メイトロー傭兵団の名が廃《すた》ってしまうな」

どうするか考える。

クラマントの視界に、高い塔が飛び込んできた。

スターツ城には高い塔が二つ設置されていた。頂上から魔法が発せられているようだ。恐らく爆発魔法で、本隊を攻撃しているようである。

「あの塔には、かなり爆発の魔力水が備蓄されているだろうな……ふむ、あれを使うか」

まずは塔を占拠しておいて、爆発魔法を使用して、正門やその周辺の城壁を破壊するとクラマントは決めた。

防御魔法は、城の内側からの攻撃には対応していない可能性が高い。仮に対応していた場合は、リーツとミレーユが解除してくれるのを待つという事になる。

塔は二つ立っており、一つだけ落とした場合、もう一つに爆発魔法を撃たれて、倒される危険性がある。

クラマントは二手に分かれて、同時攻略することに決めた。

「ライド。お前は奥にある塔を攻略しろ」

「了解」

副団長のライドにそう命令をし、早速塔の攻略に動き始めた。

○

私たちは全員城に侵入し終えた。城の中には敵兵の遺体がそこら中に転がっている。もう見慣れてきたとはいえ、遺体を見て気持ちが良くなるわけはない。

もしかしたら自分もこうなるかもしれないという、怯《おび》えも感じてきたが、ここで震えているわけにはいかない。

先に入ったリーツ、ミレーユ、クラマントの隊から報告が届いた。

どうやら上手くいっているようである。

メイトロー傭兵団だけは、簡単に正門は開けられないから、塔を占拠する方針を取っているようだ。

ただ正門を開けるよりも、そっちの方が効果的かもしれない。

このまま行けば、この城の魔法防御網を破壊し、さらに塔を占拠してかなり有利になれるだろうが、敵も流石に黙ったままではいない。

「敵は城主のいる城を警護していた兵を動かして、対応させているようです」

敵の様子を探らせたら、そう報告があった。

正門で戦っている兵たちは、クラン本隊の攻めがかなり激しいため、動かせないようだ。

まだ戦場になっていない、城の警護兵は動かせると判断したのだろう。流石に全軍は動かしていないようだ。

今になってようやく動かしたようなので、正直対応は遅い。やはり、トーマスがいない影響で、咄嗟の対応が遅れているのだろうか？

「援軍兵は、塔を狙っているメイトロー傭兵団をまず止めようとしているようです」

当然だな。敵からしたら、あの塔が取られたら、物凄く不利になる。

情報をすべて聞いたロセルが、ルメイルに意見を言う。

「ここはメイトロー傭兵団を援護しに行きましょう。メイトロー傭兵団の方に行った敵兵を食い止めるのです」

「そうすべきだな。塔を占拠できれば、間違いなく有利になる。よし、急いで向かうぞ！」

ルメイルは、ロセルの意見を即座に採用。

私たちは、敵の兵を食い止めに行くため、急いで市街を進軍した。

塔は高いので、どの辺に行けばいいのかは分かるのだが、スターツ城に来たのは初めてなので、どういうルートで行けば早くたどり着くかは当然ながら分からない。

そのため、結構時間がかかる。

逆に敵は塔までの道のりを知っているため、私たちより早く到着していた。

間に合わなかったかと思ったが、メイトロー傭兵団が塔の前で敵兵と戦闘していた。ギリギリ間に合った。

「魔法兵！」

「はいはーい」

シャーロットも一緒に来ていた。

大型の触媒機は城郭内には運び込めないため、今持っているのは小型であるが、それで充分である。

シャーロットを含めた、数十人の魔法兵が同時に敵に魔法を放つ。

敵からすると不意打ちになったため、完全に対応することが出来ず、統率が乱れ始める。

「突撃！」

その状態で、ルメイルが歩兵に突撃するよう号令を出す。

統率の乱れた兵たちなので、楽に勝てると思ったが、元々一番重要な場所の警護を任されている兵たちだけあって、精鋭が揃《そろ》っていた。

押し返されそうになる。

やばいと思ったが、相手はメイトロー傭兵団にも対応しなければならず、挟み撃ちのような状態になっている。私たちの方に気を取られ過ぎれば、精鋭ぞろいのメイトロー傭兵団の攻撃に対応しきれなくなる。

非常に難しい状況になっていたため、いくら精鋭ぞろいでも凌ぎきるのは難しく、兵が減り続ける。

それでも敵は逃げなかったので、中々の根性であるが、最終的に全敵兵を討ち取ることに成功した。

塔の援軍兵との戦闘に勝利した。

不意を衝けた形になったので、案外あっさり決着がついてよかった。

正直戦場にいるので、かなり恐怖心を感じている。このまま何事もなく終わればいいのだが。

「援軍、助かった」

クラマントがお礼を言ってきた。どうやら結構危ない状況だったようである。

「さらなる援軍が来る前に、この塔を占拠しなくてはならないが、魔法の罠が仕掛けられており、簡単に上に登れないようになっている。罠を解くのが得意な奴も、傭兵団にいるのだが、そいつは向こうの塔の攻略メンバーに入っているから、今ここにはいない」

罠を解くのが得意な者は、私の部下ではシャドーのファムとベンだ。

ファムとベンは付いてきているのだが、ファムはクランを助けるとき、だいぶ目立った行動を取ってしまったため、これ以上はまずいと思ったのか目立たないよう戦っている。軍勢の少し遠くから、弓や魔法で援護しているという感じだ。

ベンは普通に兵の中に紛れて戦っていた。地味なので、活躍しようとも他人に覚えられないようだ。思ったより恐ろしい特性である。

目立たないようにしているファムに頼むのも何なので、ベンに頼んでおこう。

「罠を解くのが得意な者に心当たりがあるから、その者に任せよう」

私はベンを呼んで、塔にある罠を解除するよう命じた。

黙ってうなずいた後、ベンは塔に入っていく。

数分待っていると、戻ってきた。

「任務完了しました」

思ったより早く終わったようだ。

「終わったようだ」

「早いな。よし、では塔に突入する。アンタらは外の守りを固めておいてくれ。あと、もう一方の塔にも、念のため援軍を送っておいた方がいい」

クラマントはそれだけ告げて、塔の制圧を行った。

私たちは兵を二手に分けて、別の塔へと兵を送る。

そして、守りを固めて、敵の援軍が来ても対応できるようにした。

しばらく経過して、塔の制圧が終了したようだ。

罠さえ解除すれば、塔の中には少数の魔法兵しかいなかったため、制圧は楽勝だったようだ。

ちょうど制圧が終了したとき、リーツとミレーユから、防御魔法を使っていた魔法兵を排除することに成功したと報告があった。

正門付近の城壁は、すでに防御魔法がかかっていない状態になったようだ。

「これで魔法で城壁を破壊できるが……魔法を使うのはシャーロットに任せた方がいいだろうな」

そうルメイルが提案した。

「そうですね。メイトロー傭兵団でもシャーロット以上の魔法兵はいないですし」

少し前、鑑定スキルでメイトロー傭兵団で一番の魔法兵を見たことがあるが、シャーロットには遠く及ばないステータスだった。

　クラマントに、魔法はシャーロットが使うから、それまでは使うなとルメイルが指示をした。

　城壁が壊れる様子を確認するため、私とルメイル、ロセルも一応一緒に塔に登る。

　高い塔なので登り切るまで結構きつかったが、何とか登り切る。

　塔の頂上には、少し風変わりな触媒機が置いてあった。

　普通は球体なのだが、これは筒状になっている。

「何か変わってるねこれ。さっきまで使ってた魔法兵はどうしたの？」

「殺した」

「勿体ないなー。魔法兵は貴重だから、今度から殺さないで済みそうなら殺さない方がいいよー」

　クラマントに、シャーロットは苦言を呈す。珍しく正論を言ったので、クラマントも反論は出来なかったようだ。

　シャーロットは魔法を使う準備をしている。しかし、自信なさそうな表情で、

「うーん……これでいいのかな？　とんでもないところに飛んで行っちゃうかもしれないなぁ」

　かなり不穏な事を言い出した。

「ま、待て、自信がないなら使うべきでは……」

「まあいいや、やっちゃえ」

　投げやりな感じで呪文を唱え始める。止めようとしたが、呪文を唱えだすと、シャーロットは集中してしまい、人の話を全く聞かない。

下手したら暴発してこの塔が吹き飛ぶのではと、物凄く不安になり、思わず私は身をかがめる。

しばらくして、遠くから爆音が聞こえた。

「おー、成功したー」

シャーロットのその言葉を聞き、身を起こして城壁を確認する。

確かに壁に命中していた。

しかも、一撃で壁を崩して穴を開けたようだ。

防御魔法がかかっていないとはいえ、魔法が効きにくい城壁であるのだが、シャーロットの魔法はすさまじい威力であったため、一撃で破壊した。

「よーし、やっちゃえ」

それから何発も魔法を撃ちこみ、城壁に複数穴を開けた。

「ま、待て、壊しすぎだ。もういいだろ」

あまり壊しすぎても、修復が困難になるので、ある程度開けさせて止めた。これだけやればもう十分だろう。

最初の予定とは少し違う方法だったが、結果的にスターツ城の城壁を無力化することに成功した。

城壁を崩した後、私たちは塔の上から戦況を見る。

一瞬で戦況が味方の優勢に傾くという事はなく、敵兵も士気が高く必死で兵の侵入を食い止めようとするが、それでも徐々に本隊は数の多さを生かして押し切り、市街に大勢の兵を侵入させるこ

とに成功した。

このままではまずいと敵兵は判断し、後退を始めた。

市街の防衛は捨てて、城の方の守りを厚くする作戦だろう。

「ねーねー、あの敵兵が後退してるけど、攻撃しなくていい？」

シャーロットがそう言うが、敵兵がいる場所は町中である。

爆発魔法なんかを使ってしまっては、町を破壊してしまうだろう。

この城を陥落させた後は、統治しなくてはならないが、市街を爆破してしまっては住民に嫌われて、上手く統治できなくなるだろう。

下手をしたら反乱を起こされて、まずいことになる危険性がある。

敵兵を減らせるのはいいが、爆発魔法で攻撃をしなくても、こちらがかなり優勢であるので、やるべきではないだろう。

「やめておけ。町を破壊すべきじゃない」

「町破壊しなきゃいいの？　ちゃんと調節するよー」

「出来るのか？」

「分かんない。出来るかもしれないし、出来ないかもしれない」

「かもしれないで使うな」

危なっかしいことをいうやつだ。

「さて、我々はどう動くべきか。爆発魔法で敵軍を攻撃するのは駄目だが、このまま何もせずとどまっておくべきではないだろう」

ルメイルはそう言ったが、ロセルがそれに反対の意見を言う。

「いえ、今不用意にこの塔を出てはいけません。敵に塔を奪回されたら、厄介ですから。敵は追いつめられているので、市街を爆破するという作戦も、平気で行ってくる可能性があります。我々はこのまま、塔の守りを固めておくべきです」

ロセルの意見にルメイルは納得したようだ。

しかし、ロセルもこの戦でだいぶ成長した。

常に怯えて、意見を言うのもたどたどしかったが、最近は少し自分に自信を持ち始めたのか、はっきり意見を言うようになっている。

しばらくロセルの言葉通り、塔の周辺の守りを固めながら待機をする。

敵兵たちは塔を奪い返そうと攻めてきた。

戦闘になったが、クラン本隊から追撃を受けている状態だったので、全力では戦って来ず、簡単に落とせないと知ったら、諦めて城の方へと退却していった。

ロセルの進言通り、塔を守っていて良かったようだ。

空けていたら間違いなく取られていただろうからな。

クラン本隊が塔の位置まで到達した。

こうなると守らなくても、敵が塔を奪うことは出来ないだろう。

私たちは塔から下りて、本隊に合流した。

クランは前線で指揮は執っていなかったため、会う事はなかった。

このまま一緒に城まで進軍する。

クランのおかげなのか、兵隊たちはかなり規律が保たれていて、民間人の家を荒らしまわっている輩《やから》はいなかった。

しばらくして、「撤退!!」と敵軍から叫び声が聞こえてきた。

撤退?

どこから撤退する気なのかと疑問に思う。

スターツ城は守れないと判断して、放棄し、北門から外へと出て、ベルツド城まで行く気なのだろうか?

まあ、たしかにこうなると守るのは不可能なので、現実的な判断かもしれない。

城付近まで進軍すると、守備している兵は誰もいなかった。

予想通り守れないと判断して、逃げたようだな。

最初は少し不安ではあったが、無事スターツ城を落とすことに成功した。

敵兵が逃げていった後、城を調べた。

罠が仕掛けられている可能性があるので、ファムとベンや、罠解除の上手い者たちが先に城に入って調べたが、特に罠は仕掛けられていなかったようだ。

リーツとミレーユは、防御魔法を作動させている施設だけでなく、罠魔法を作動させる施設も無力化したようなので、そのおかげかもしれない。

ベルツド郡長とトーマスはどこにもいなかった。逃げたようだ。スターツ城の城主、ステファンは城に残っていた。

逃げていった敵兵への追撃も行ったが、敵の退却戦は非常に上手く、逃げていった兵はあまり討ち取れなかった。

市街に残党がそれなりに残っていたが、ほとんどの兵は投降した。

これにてスターツ城を完全に制圧し、手中に収めることに成功した。

三章　勝利

「此度《こたび》の戦は大勝利である！　味方にも被害は出たがそれ以上にスターツ城を手に入れ、勝利に大きく近づいた！　皆ご苦労であった‼」

クランが勝利後、全員を集めて労いの言葉をかけた。

今回の戦は、今までとは違い結構被害が出たようだ。

正門を攻めていたクラン本隊が、魔法の攻撃を割と食らったのが、原因のようだ。

尤《もっと》も死んだのは数千人で、全軍の数を考えると、問題ない程度の被害ではある。

クランは言葉を続ける。

「しかし、まだ気を抜いてはならん！　この城を落とすときだいぶ破壊をしたため、今防御力が著しく落ちている状態だ！　いつもならば祝勝会をするところであるが、まずは防壁の応急処置を終わらせてからにする！　それまで気を抜かず、守りを固めておくように！」

勝った後は、決まって祝勝会をするが今回はしないのか。

まあ、妥当な判断だな。

城壁が壊れた状態で気を緩めたら、奇襲をされるかもしれない。追撃に失敗して大勢の敵を逃がしてしまったから、虎視眈々《こしたんたん》と敵は奇襲のチャンスをうかがっているはずだ。このスターツ城は、是が非でも取り返したいはずだからな。

奇襲に警戒をしておけば、そうそうやられる心配はないだろう。向こうもイチかバチかの作戦はやってこないと思う。

　クランの言葉通り、まずは守りを固めつつ、城壁の修復作業が行われた。今回は壊れた箇所が多いいため、そう簡単には直し切れないようだ。

　ベルツドを落としに行くには、応急処置を終わらせてからでないといけないが、ちょうど冬が本番になる時期で、雪が降って積もる可能性が高い。どの道、冬が過ぎるのを待ってから行かないとならないので、ちょうど良かったといえるだろう。

　それから、私はクランに呼ばれた。

「此度の戦もまたお主に助けられた。奇襲がなければこの城は落とせなかった。それと、お主が雇ったシャドーが絶体絶命のピンチから救ってくれた。心より礼を言おう」

「もったいないお言葉です」

　クランから礼を言われ、私は頭を下げながら返答した。

「あとで、お主を含め高い功績を上げた者には、褒美を取らせるが、今回の用はそれではない。いつも通り人材の鑑定をしてもらいたい」

「お安い御用です」

「今回は少しばかり捕らえたものの数が多いから、少し負担をかけてしまうと思うが、頼んだぞ」

　捕らえた数が多いのか。

　あれだけ激しい戦いになれば、そうなるか。

鑑定スキルは使うと疲れるからな。

最近はそこまで乱用することはなかったが、久しぶりに疲れるまで使うことになりそうだ。

私は捕虜が捕らえられている牢《ろう》まで案内され、鑑定を始めた。

捕らえたものの身分によって、一人だけの牢や、複数人が入っている牢があった。

生活環境はあまり良くないようだ。牢なので当然ではある。

かなりの人数が捕虜となっているようだ。百人はゆうに超えているだろう。

元々大規模な戦だったので、捕らえた者たちが多かった上に、ベルツド郡長やスターツ城城主に忠誠を誓い、クランには絶対に寝返らないと、頑固な者たちも多かったため、これほどの捕虜の数になったようだ。

全員鑑定すると、相当目を消耗するだろうな。一日で全員鑑定するのではなく、二、三日かけた方がいいかもしれない。

初日は七十人鑑定した。

思ったより有能な人材は多かった。

大事な戦なので、精鋭を惜しみなく投入した結果だろう。

二日目は初日より多い九十人を鑑定した。二日目は平均80はある有能な人物がいた。ほかにも、武勇が90ある武人や、知略の数値が57なのだが、限界値が94ある中年くらいの大器晩成型の男もいた。

鑑定したから誰か一人くらい自分の家臣にしたいものだが、現時点で彼らは誰にも仕官する気はないようだし、そもそもそれなりの待遇を用意しないと仕官してもらえるか怪しい立場の人達ばかりなので、今は弱小領地の領主に過ぎない私に仕官してもらうのは難しいだろうな。

残りはあと約六十人だ。明日で終わるだろう。

鑑定三日目。

五十人鑑定し終えて、今日はそんなにいい人材がいないと思って五十一人目を鑑定しようとする。

「おい、お前！　チビスケ！　俺をここから出せ！」

と怒鳴り声が上がった。

声の主を確認する。

まだ若い小柄な男だ。

その男は私にチビスケと言ったが、どの口で言ってるのかと思うくらい小さい。

今の私より少しだけ大きいくらいである。顔もやんちゃ坊主という感じで、まだ十代だろう。

なぜ子供が捕虜に？　と思ったが、肉体を見たら納得した。

かなり鍛え抜かれており、これならば戦えば強いだろう。

私は男を鑑定してみる。

ブラッハム・ジョー　17歳♂
・ステータス
統率 50/102
武勇 91/92
知略 9/61
政治 5/55
野心 88

・適性
歩兵 S
騎兵 A
弓兵 B
魔法兵 D
築城 C
兵器 D
水軍 D
空軍 D
計略 D

何か凄く極端なステータスだ。

武勇は凄く優秀だ。それより統率の限界値がいいな。102は今まで見た中で一番か？

しかし、現在の知略の9。これはあまりにも低すぎる。

それ大丈夫か？　日常生活まともに送れてる？　と心配になるレベルだ。

そこまで知略が低いと、武勇が高くても馬鹿だから一対一の戦いで負けてるんじゃないだろうか。

ただ限界値はそんなに悪くない。

勉強させれば人並みになるようだ。

現在値で見ると、欠点が目立つステータスだが、限界値で見たらかなり優秀な将になるポテンシャルを秘めている。

詳細な情報も見てみよう。

帝国暦百九十四年三月三日、サマフォース帝国ミーシアン州ベルツド郡スターツで誕生する。父親と母親はどちらも他界。単純な性格。肉が好物。喧嘩《けんか》が趣味。若くて強い女が好き。主であるステファンには不満を抱いている。

両親はすでに他界して兄弟もいない。まだ若いのに身内がいないのか。

しかし、主に不満を抱いている？

ここにいるものは仕官を拒んでいるものだけである。忠誠心のあるもの以外は、あっさりクランに仕えると選択をしているはずだが。

なぜクランに降《くだ》らなかったのだろうか？

野心がやたら高いから、他人に仕えないタイプ……だったらステファンにも仕えていないだろうし。

気になるな。

「おい、お前何をじろじろ見ている。喧嘩を売っているのか？　喜んで買うぞ！」

私を睨《にら》んでチンピラみたいな事を言ってきた。

戦場をだいぶ経験して、多少は根性が付いたので、この程度では動揺しない。

主に不満があるのになぜクランに仕官しないのか気になるので、私は理由を聞き出すことにした。

私は、ブラッハムに仕官しない理由を尋ねた。

「何であなたはクラン様の仕官を断り、閉じ込められることを選んだんだ？」

「あ？　嫌だったからだ」

「なぜ？」

「嫌なものは嫌だからだ。あんなおっさんに仕えるのはごめんだ」

年齢の問題で仕えられないのか？

中年の男に嫌悪感があるのだろうか。

「年取ったおっさんは頭の固い奴が多い。ステファンのおっさんもそうだ。俺みてーな強いやつを冷遇してきやがったからな」

強いのは確かだが、現時点のブラッハムは使い物になるか怪しいくらい知略が低い。妥当な判断だと思うが。

要は仮にクランに仕えても、冷遇されるだろうと思っているから拒否しているわけか。

確かにクランでも今のブラッハムを重用することはないだろう。

しかし、この男はきちんと育成すれば、名将になれる可能性を秘めている。野心が高いので、扱い難そうではあるが……。

一応説得をしてみよう。

「クラン様は実力のあるものを冷遇するようなお方じゃないぞ。仕えてみないか？」

「信じられん。そもそも俺は人に仕えるような器じゃないかもしれん。いずれ仲間を集めて、どっかの城を落として独立してやる」

無謀としか言いようがない野望を語り出した。

「そんなこと出来ないだろう。そもそも仕えないとお前は殺されるぞ」

「こんな牢はすぐ抜け出すから、殺される心配などない」

絶対に自分は死なないという自信が、ブラッハムの目には宿っていた。根拠があるのか分からないが、心の底から自分のことを信じているようだった。

「というかお前は誰だ。何でチビがこんな牢獄にいる」

「私はアルス・ローベントだ。まだ名前は知れていない小さな領地の領主である」

「ふーん。その年で領主なのか。お前がここにいるのはクランから説得を頼まれたからか？　この俺を説得しろと」

「いや、才能あるものを見抜いてこいと命令されたからだ。私の特技なんだ」

「それで俺を見抜いたのか？　その力、本物のようだな」

さっきまでの不機嫌な表情が一変し、嬉《うれ》しそうな表情になる。単純なやつだ。

「実を言うと仕えられない理由はもう一つある」

上機嫌になって口が軽くなったのか、自ら語り出した。

「俺がここに閉じ込められる原因となったあの一騎討ち。やつが卑怯《ひきょう》な手を使ったせいで捕らえられた……負けて屈服させられたなら、俺も黙って従うが、あんな卑怯な方法でやられて、従う気にはなれん」

卑怯な手で捕らえられた？

まあ確かにこれだけの実力を持っているから、一騎討ちならそうそう負けないだろう。頭は単純なようだし、計略に引っかかる可能性は高そうである。

「あのマルカ人……許さん……」

マルカ人？　ってリーツの事か？

ほかにマルカ人の兵は見覚えがないし、それ以外考えられないな。

卑怯な方法をリーツが使ったのだろうか？　……ないとは言い切れないな。急いでいただろうし、まともに戦うより早いと考えれば、計略くらい使うだろう。

「あいつ……俺が奥義を使った後……槍《やり》が地面に刺さった隙に、俺の首に武器を突きつけやがった。普通待つだろ……あれだけの実力を持っているのになぜあんな卑怯な真似を……」

……卑怯というか自業自得だった。

そんなに露骨に隙を作れば、やられるだろ。

とにかくブラッハムは、負けたと思っていないのに、牢に入れられているのが、納得がいってないようだな。

ならばもう一度リーツと戦わせて、リーツが勝ったら仕えるよう条件をつければいいのだろうか。

お互い怪我をしないよう木剣でやればいいし、悪くないかもしれない。

私は、リーツと再戦しないかブラッハムに持ちかけてみようと思った。

「私はあなたと戦ったマルカ人を知っている」

「本当か？　リーツ・ミューセスって名乗っていたが間違いないか？」

「ああ、間違いない」

名前を名乗っていたようだ。別人の可能性もわずかにあったが、これで本人だと確定したな。

「リーツは私の家臣だ」

「何？　お前の家臣だったのか？　そ、それなら頼む！　奴と再戦させてくれ！　あれが決着ってのは納得がいかねぇ！」

自分から頼んできた。これなら上手くいきそうだ。

「条件がある」

「何だ」

「リーツに負けたら大人しく仕官するんだ」

「負けたら仕官……別にいいが、俺が勝ったら解放してくれ」

勝ったら解放か。

飲んでいい条件だろうか？

まあ、向こうから望んだ戦いとはいえ、向こうが負けた場合は仕官するという条件で戦うのに、こちら側が何も賭けないのはフェアではないか。

ただ、逃がすかどうかは私の一存で決めることは出来ないしな……後でクランに尋ねるか。

「それからもう一つ。仕えるならクランじゃなくて、お前に仕える。おっさんには仕えたくない」

「私にか？」

それは良い申し出と言えば良いが……悪いと言えば悪い。この男、将来性は高そうだが、現時点では問題児と言わざるを得ない。私がこの男を矯正できるか、正直そこまで自信はない。

「私は子供であるが、それでも仕えたいのか？」

「まあ、本来なら俺の認めた凄い奴に仕えてぇが、お前は見る目があるようだし、仕えるのも悪くはない。ただ、リーツとの戦いには俺が勝つからお前に仕えることにはならねーけどな」

自信はあるようだ。

私としても、リーツが負けるとは思わない。

いくら腕が立っても、頭が使えないのは大きなデメリットになる。

リーツなら確実に勝利を収めてくれるだろう。

そうだ。仮にこの男が私に仕えるのなら、リーツに教育係をお願いしてみよう。この男の性格なら自分を打ち負かしたものの言葉なら、素直に聞くだろうし、悪くない考えだ。

「その二つの条件を飲めるかはクラン様に聞いてみないと分からないが、多分大丈夫だと思う。だから少し待っていてくれ」

「早くしろよ」

他に鑑定しなくてはならない人たちがいたので、すぐに出るわけにはいかなかった。

ブラッハムから「何してんだ、早く行け」と急かされながら、私は残る者たちの鑑定を終えた。

それなりに優れた能力の者はいたが、特別抜きんでて凄い者たちはいなかった。

牢を出てクランに会いに行く。

「鑑定が終わりました」

「ご苦労だった」

まずは、才能のある人物の名を書いた書状をクランに渡した。そのあと、ブラッハムの件を説明する。

「決闘をして勝利したら仕官する。負けたら牢から出すか。ブラッハム・ジョー……聞かん名前だな。そいつは優秀なのか？」

「今はまだ未完成ですが、育てばかなりの将になる器です」

「ふむ……それで私ではなくお主に仕えたいと？　なぜだ？」

理由を正直に話すのも問題があると思ったので、少しマイルドな表現にして説明することにした。

「どうやら不遇な扱いを受けていたようで、クラン様もそうなさるのではないかと、心配しておりました。クラン様には大勢の家臣がいらっしゃいますので」

「ふむ……優秀な奴ならすぐに出世させるのだがな。まあよい。アルスよ、お主はブラッハムを家臣に欲しいと思っておるか？」

リーツに教育させれば何とかなりそうだと思ったので、今は欲しいと思っている。私は正直に頷《うなず》いた。

「はい」

「ならば、条件を飲むといい。お主の家臣は私の家臣でもあるからな。別に直属でなくても問題あるまい。お主ならば、ブラッハムを正しく育成するだろうしな」

許可を貰《もら》った。

私はお礼を言って、クランの下から立ち去る。

リーツにもブラッハムと再戦するという事を事前に言っておいた方がいいだろう。

多分受けると思うが、どうしてもだめという場合は、決闘はなかったことになる。

リーツを探し出して、話をした。

「ブラッハム？　あ、ああ……いましたね……とても強い方でしたよ……大きな弱点がありましたが……」

記憶に残っているようだ。記憶に残るような負け方をブラッハムはしていたので、当たり前だろう。

「彼ともう一度戦って欲しいんだが、問題ないか？」

「別に構いませんが、なぜです？」

私は理由を説明する。

「か、彼を家臣にですか？　ほ、本気でしょうか？」

「本気だ」

「え、えー……アルス様がおっしゃるなら、ブラッハムには才能があるんでしょうが……」

「きちんと勉強すれば、頭も今よりかは良くなる。家臣になった際には、リーツに教育を任せたいのだが」

「え⁉　そ、それは勘弁していただきたいです」

再戦は断らなかったが、教育するのは抵抗があるようだ。

確かに何を教えるにしてもあれでは苦労しそうである。

「大丈夫だ。勝ったらいう事を聞いてくれるだろう。思っているほど、苦労はないはずだ」

「ほ、本当ですかー？」

リーツの疑いは深いようだった。

とりあえず教育係の件は後回しにして、まずはブラッハムと再戦するため、リーツをブラッハムの閉じこめられた牢へ連れていった。

スターツ城にある練兵場で、戦いは行われることになった。

練兵場に立ち二人は睨み合う。

二人は練習用の木槍を持っている。最初は木剣でやるよう提案したが、ブラッハムは槍の扱いの方が得意なようだ。

リーツは剣も槍も同じくらい強いため、どちらでもいいと言ったから、槍で戦うことに決定した。

「会いたかったぜ、リーツ・ミューセス。今回は卑怯な手は食らわねーぞ……」

「卑怯って……だからあれはあなたの自爆でしょう……」

リーツは呆《あき》れた表情でため息をつく。

武器を落としたり、実戦だと致命傷となるであろう攻撃を食らった場合は負けである。

立会人はクランが用意した武人が担当する。私では勝敗を決めるのが難しそうなので、きちんと戦える者が務めた方がいいと思い別の者に任せた。

厳つい顔に髭《ひげ》を生やしている男で、なかなか真面目そうだ。武勇も75とそれなりに高い。

「一本勝負だ。リーツ・ミューセスが勝った場合、ブラッハム・ジョーは、アルス・ローベント殿の家臣となる。ブラッハム・ジョーが勝った場合、自由の身となる」

戦いが始まる前に、立会人が条件を言った。

「構え！」

立会人の男の合図で、両者は槍を構える。

「始め！」

その合図を聞いた瞬間、ブラッハムが動き出した。

とてつもない速度だ。

まずい！　と思ったら、リーツは颯爽《さっそう》とその攻撃をかわしていた。

読んでいたのか反応したのか、分からないが、最初の一撃にブラッハムは全てを賭けていたようで、避けられて驚愕《きょうがく》に目を見開いている。

リーツは、突きを放ち、ブラッハムの首に当たる直前で止めた。

「勝者リーツ・ミューセス！」

立会人がそう宣告した。

思ったより早く終わったな。

始まった直後に虚を突く作戦だったのだろう。ブラッハムの知略からすると、悪くない作戦ではあると思う。

「クソ……お前、なぜ今のを避けられたんだ……」

「悪くない考えでしたが、向かい合ったとき目が血走ってましたので、来ると分かってましたよ。来るのが分かっていなければ、あの突きはかわせなかったかもしれませんね」

ブラッハムの突きを、リーツは読んでいたようだ。

確かに難なくかわしていたように見えたので、流石のリーツでも事前に分かっていなければそれは無理だろう。

「ぐ……クソ……表情に出ていたのか……」

悔しそうに拳を握りしめるブラッハム。

「俺の負けだ……約束通りあのチビ助に仕える」

「チビ助ではありません。アルス・ローベント様です」

「あー……分かった。アルスに仕える」

「アルス様です」

リーツは口は笑いながらも、目元は笑っていなかった。中々威圧感を感じる表情である。

私がブラッハムの教育係をするよう命じたので、恐らくもう教育を始めているのだろう。

ブラッハムは予想通り、自分を打ち負かした相手には素直に従うようで、「アルス様……」と言った。

あの感じなら、リーツはブラッハムの教育も上手くやってくれそうである。

リーツが戦いに勝利したことにより、ブラッハム・ジョーを家臣にすることに成功した。

○

ベルツド城の軍議の間。

郡長のカンセスとトーマス、その他重臣たちが、暗い表情で軍議をしていた。

スターツ城の戦いで失った兵数は多く、さらに重要な拠点であるスターツ城を奪われた。

スターツ城が落とされたのは、致命的と言ってよかった。

立地的に、スターツ城が落とされると、バサマークからの援軍がベルツドへ来られなくなる。

ここまで追い詰められた場合、バサマークの援軍を頼るしか、戦況を巻き返す手段はないが、それが来られないとなると、このまま落城するのは目に見えていた。

もはやこの状況で策を思いつく者はおらず、暗い沈黙が続いていた。

その沈黙を破り、家臣の一人が口を開いた。

「……もはや、降伏なされるべきだと思います」

それは、その場にいた家臣たちが考えていた事だった。

徹底抗戦して負けた場合、確実に郡長であるカンセスは殺されるだろう。

現状、カンセスの命を取らないという事を条件に降伏をすれば、郡長の立場が守られるかどうかはともかく、殺される可能性は低かった。

徹底抗戦することになれば、無駄な死者が出ることにもなる。降伏の提案は、クラン側にも大きなメリットがあるため、受けてくる可能性は極めて高い。

主君の命のため、その家臣は降伏を提案したのだ。

「ならん……降伏など……」

カンセスは表情を歪《ゆが》ませる。

彼にとってバサマークは義理の兄である。

能力も高いと尊敬していた。自分の命惜しさに、降伏は出来ない。

「カンセス様……どうか賢明なご判断をお願いいたします！」

「私たちはカンセス様を失いたくはありません……それだけでなく、このままでは、ご子息も処罰されバンドル家自体が滅ぼされてしまいます。私の一族は代々バンドル家に仕えてきました。それだけは避けていただきたく存じます……」

家臣たちが必死の思いでカンセスを説得する。

カンセスも、自分の命だけならまだしも、我が子の命が危ないと思うと、降伏という手段を選ぶべきか迷いが生じた。

そんな時、沈黙を続けていたトーマスが口を開いた。

「……もう打つ手がないというのは、まだ分からないいんじゃないかと思いますぜ」

その場にいた全員がトーマスに視線を向けた。

期待を込めた視線を向ける者もいれば、もう少しで説得できたのに余計な口を挟むなと、迷惑そうな視線を向ける者もいる。

「何か手段を思いついたか？」

カンセスが質問をした。

「確実に成功する作戦ではないですが……上手くいけばスターツ城を取り返せるかも知れねーです」

トーマスがそう言うと場がざわついた。

「倍以上の軍勢が守っているスターツ城を、どうやって落とすのだ？」

作戦を淡々とトーマスは説明した。

トーマスが語るとざわつきは大きくなっていく。

とんでもなく無謀な策だが、トーマスならもしかしたら成功させるかもしれない。そんな作戦だったからだ。

「俺がこの作戦に失敗したら、カンセス様は降伏してください。まだあなたは生きてなきゃならない人材だ」

カンセスは少し躊躇《ためら》って頷いた。

それを見た後、トーマスは起死回生の作戦を決行する準備を始めた。

スターツ城を陥落させた後、かなり寒くなってきたので、冬が過ぎるまで城に留まることになった。

◯

防壁の応急処置も終了し、クランは冬が過ぎるまで、全員休息するように命じた。

ただ、スターツ城に全軍は入りきらないので、外にテントを張って野営している兵士たちもいた。あれで休息が取れるのか少し心配である。

ちなみに私はスターツ城の部屋を借りて、そこで寝泊まりをしていた。結構広い部屋を借りられたので、家臣たちも一緒に寝泊まりをしていた。

炎の魔力石を利用した暖房器具が設置されており、快適に過ごす事が出来た。

とある日の朝。

「起きろーアルス様、起きろー」

ゆさゆさと、揺らされながら私は目覚めた。

この声は……シャーロットの声だな……。

珍しい。寝起きが悪く、いつも私やリーツが朝食時になると起こしているのだが。

「珍しいな、今日は自分で起きたのか?」

「そんなことはどうでもいいから、外に来る！」

手を引かれて、起こされた。

シャーロットは私の手を引いたまま、部屋の外に向かって歩いていく。

いったい何のつもりかと思うが、寝起きで上手く抵抗できない。されるがまま、シャーロットと一緒に外に出た。

部屋の外に出た瞬間、とてつもない寒さが体を襲った。

中は、暖房器具のおかげで暖かったが、外は極寒であった。ここまで寒い日は、この世界に転生してから初めてだと思うくらいの寒さだ。

厚着をする間もなく、室外に連れ出されたので、あまりの寒さに凍える。

「さ、寒い。ふ、服」

「見て見て、外！」

完全に私を無視して、スターツ城の中庭の方を指さした。

何だと思いながら、中庭を見ると真っ白な景色が。

どうやら雪が降り積もっているようである。

今年初の積雪である。

シャーロットは、毎年雪が降りつもるとはしゃぎまわるくらい雪が好きだったことを、今思い出した。子供っぽい奴である。

私も雪が積もった光景を見るのは好きではあるのだが、今は寒すぎてそれどころではない。というか雪を見てさらに寒くなってきた。

「わたし雪好きなんだよねー。よーし、外に出よう」

そう言ったので、私は全力で止める。

「ま、待て！　今の格好で外に出たら寒くて死ぬ！　厚着させてくれ！」

「……よく見たら薄着じゃん。何でそんな恰好《かっこう》してんの？　そりゃ寒いよ」

「お前のせいだろ……」

「早く着てきて。わたしは中庭に降りてるから」

シャーロットの言葉に呆れながら、私は自室に戻って厚着をした。このまま二度寝しようかと思ったが、家臣の頼みなので中庭に降りた。

中庭にはシャーロット以外にも人がいた。若い連中が雪遊びをしているようだ。初めて雪が積もったので、いつも以上にはしゃいでいるのかもしれない。

「あ、アルス様遅いぞー。今日は何を作ろうかなー。アルス様も手伝って」

そのあと、シャーロットに雪遊びの手伝いをさせられた。

猫とか犬とか色々雪像を作った。傍から見たら何を作っているか分からないだろうけどな。邪教の像でも作ったのかと疑われる恐れすらある。

「お腹減ってきた。ご飯食べに行く」

と言ってシャーロットは城の中に戻った。

何とも自由な奴だ。私も叩《たた》き起こされてから、何も食べておらず空腹だったため、一緒に朝食を食べに行った。

朝食が終わったら、ゆっくりできると思ったら、再び外に連れ出された。リーツやロセルも一緒に外に出て、以前冬の時期にシャーロットに教えた雪合戦をすることになった。

最初は少人数でやってたら、そのうち見ていたほかの人たちが参加し始めて、大人数になり、何かやたら本格的な雪合戦になった。

この前まで本物の戦をしていた者たちが雪合戦をしているので、迫力のある戦いになっていた。

私は疲れたので、早々に見学する側に回っていた。

同じく雪合戦には参加していないミレーユと一緒に、様子を眺める。

「皆、のんきだねー。確実に勝ったと思っているんだろうなぁ」

ミレーユが呟《つぶや》いた。

「……確かにのんきだが……戦自体はもう絶対的に有利なのは間違いないだろ？」

「そうだねぇ。ただアタシの弟が勝つのを諦めているとは思わないし、何かしかけて来るかもしれない。気を抜いちゃいけないよ」

弟、トーマスの事か。

前はクランを奇襲することに失敗したが、今度も何か狙ってくるかもしれない。

確かにミレーユの言う通り油断は禁物であるが……。

「お前はそう言いながら、なぜ酒を飲んでいるんだ」

「え？　酒は飲まないとね。明日大戦《おおいくさ》があろうと飲むよアタシは」

朝っぱらから呑《の》んだくれるという、油断しているとしか思えない行動を取っているミレーユに、私は心底呆れた。

○

数日後。

「団長がアルス様に話したいことがあるそうです。よければ一緒に来ていただけませんか？」

昼に、ベンがそう言ってきた。

「話したいこと？　一緒に行くのは別に構わないが」

特にやらなければならないことというのも、今はない。一緒に行くこと自体に特に問題はないが、何の用なのだろうか？

「そうですか。それでは付いてきてください」

ベンは、ファムの用件を言わずに、案内を始めた。

彼も知らないのか、もしくは伝え忘れているのか。

どうせ、ファムのいる場所に行けば分かるかと思い、聞かずに付いていった。

しばらく付いていくと、人目があまりない、路地裏まで案内される。

そこにファムがいた。珍しく、いたのはファムだけではなかった。

五人ほど、見知らぬ顔の男女がいた。

「来たか」

ファムは私に気づきそう言った。

「あら、思ったより可愛いぼーやね」

　ファムの隣にいた女が微笑みを浮かべる。派手な装いの女性だ。化粧も濃い。女性にしては背丈が高く、百七十はありそうだ。年齢はぱっと見では分からないが、三十代前後か。

彼女以外にも、男が二人、女が二人いるのだが、どれも目立たない格好と顔をしており、いまいち印象に残らない。ベンみたいなタイプだ。まあ、ベンほど地味だというわけでもないのだが。

「この人たちは？」

「オレの部下たちだ。オレがお前の家臣になるということで、こいつらも一緒に家臣にして欲しい。仲間がいないと、オレも仕事がしにくくなるからな」

「この人たちがシャドーの団員か……なるほど」

　派手な格好の女性以外は、確かに密偵として向いていそうだ。逆になぜこの人は派手なのだろうか。

　疑問に思っている私を見て、ファムが説明をした。

「こいつはランバース、変装の達人だ。すでに鑑定しているのならわかっているだろうが、実際は男だ。こいつの素顔はオレも知らんくらいだ。いつもはオレと会う時はもっと地味な男の格好をしているが、今回はお前に会うということで、なぜか派手な女装をしてきやがった」

「あら、主になるかもしれない人には、印象に残って貰わないと駄目でしょ？」

　男？　全くそうは見えないので驚いた。ファムの時も似たような驚きはあったが、彼の場合は変装ではなく生まれ持って幼い容姿を持っていただけであったが、ランバースは変装して完全に容姿を偽っているようだ。

見た目はまだ分からないでもないが、声も女性だ。これはどうやっているのだろうか。魔法を使っているのだろうか？

私は一応鑑定して確認してみたが、本当に男だった。

能力は平凡だが、この特技は驚異的である。

ちなみに本名はランバースではなく、アンドリュー・スマージュというようだ。生まれはサマフォース帝国外ということで、これも驚いた。言葉は達者だし、どういう人生を歩んだら、外国生まれの人間が、ミーシアンで傭兵《ようへい》をやることになるのだろうか。

興味があったが、そう簡単に話してくれるような事でもないだろうから、もっと仲良くなった時に尋ねてみよう。

ほかの者たちも鑑定した。

全員本名と呼び名が違っているようだ。

背が高めの男がムラドー、中肉中背で髪が灰色の男がドンド、長い髪が特徴的な女はレメン、鋭い目つきの女はシャクと呼ばれていた。

全員、それなりに武勇と知略が高い。頭が良くて、更に動ける者でないと、密偵は務まらないのだろう。

その上で、レメンとドンドは魔法適性Bとそこそこ高かった。

全員ミーシアン以外の出身で、色々あって傭兵になったんだろうと推測出来た。

「それでどうだ？　こいつらも家臣にしてくれるか？」

「ファムがその方がやりやすいなら、家臣にするのは全然問題ない。というか能力が高いから、こちらから家臣になってくれと言いたいくらいだ」

「そうか。助かる」

そのあと、特に交流することもなく解散となった。あくまで顔を合わせただけである。

それなりに優秀そうな人たちが家臣になり、私は良い気分でスターツ城へと戻った。

○

数週間経過して、気温も上がり雪も解け始めてきたので、出陣の準備を始めていた。

兵たちは休養でなまった体をほぐすため、訓練を始めていた。

軍議も行われ、ベルツド城をどうやって落とすかも話し合われ、最終的に包囲で落とすことが決定した。

包囲は時間がかかるが、ベルツドにもはや援軍は来られないし、ベルツド城もスターツ城に負けず劣らず堅牢な城である。兵をいたずらに失う可能性が少ない作戦が包囲なので、この状況では得策だろう。

クランは今回の戦では、出陣せず、この城から指示を送るようだ。

この状況で勝敗がひっくり返るとしたら、クラン自身が殺された場合だけだ。ここで不用意に城の外に出るのは暗殺のリスクを高めるので、城に残ることに決めたようだ。

暗殺を防ぐため、シャドーに護衛してほしいと頼まれた。この前、ファムとベンに助けられたことが、印象に残っているのだろう。断る選択肢はないため二つ返事で受けた。

クラン暗殺のリスクもほぼゼロにできて、戦力はこちらの方が圧倒的有利な状態。

もはや勝ちは確定しているかのような感じだが、私はまだ不安を感じていた。

この前、ミレーユが弟が何か仕掛けてくるかもしれないと言ったことが引っかかっていた。

何か策を使ってくるのだろうか。

ミレーユにどんな策を使ってくる可能性が高いかと尋ねると、

「どんなと言われても、今の状況でこう来るというのは断言できないね。やろうと思えば色々やれる状況だし、どれでくるかは流石に分からん」

そう返答した。

「色々やれるのか、この状況で」

「圧倒的に有利なこっちの状況だけど、結局大将が討ち取られれば負けだからね。大将を討ち取るための策は結構ある。嘘《うそ》の降伏をしてみるだとか、何とかして戦場に引きずりだすような事をやるだとか。ただ、大将もそれを分かってて最大限の警戒をしているようだし、成功させるのはほぼ無理だと思うね」

「……ってことは、この状況で戦況を覆すのはやはり無理だってことか？　この前は、浮かれるなと言っていたが……」

「アタシの弟は、たまに人には思いつかんような事を思いつく奴だからねぇ。アタシでも思いつかんような、奇策を考えているかもしれない。どっちにしろ相手の動きを見ないと、まだ分かんないね」

ミレーユでも思いつかないような作戦を考えつくことがあるのか。やはり名将ではあるようだな。

その話をした、ちょうどその日、ベルツド郡長カンセスの使者を名乗る者が、スターツ城までやってきた。

使者が来たという報告を耳にして、私は降伏を決めたのかと思った。

クランもそう思ったのか、門前払いにはせず使者を通した。

当然、敵の罠《わな》であるという警戒はした。暗殺に細心の注意を払って、厳しいボディチェックを実施する。使者は武器を隠し持ってはいなかったが、それでも細心の注意を払い、実際に会うのはクランではなく右腕のロビンソンが担当することになった。

面会する場所はスターツ城の大広間だ。ロビンソンだけでなくほかの有力な貴族も同席している。私も端っこの方で、面会の様子を見ていた。

大広間が開き、使者が中に入ってくる。下手な行動を起こさせないよう、使者のすぐそばには兵士が二人いた。

「カンセス様の命で参りました。ビンス・ロバンスと申します」

頭頂部が禿《は》げている中年の男であった。鑑定してみると、統率、武勇は30台と低いが、知略72、政治79と高い。完全に文官という感じのステータスだ。

「私はクラン様の代理のロビンソンです。クラン様は少々体調を崩しておられますので、私が代わりにお話をお聞きいたしましょう」

ロビンソンは嘘をついた。暗殺するかもしれないからと正直には言えないからだろう。

「分かりました。それでは本題に入らせていただきます。私は休戦のお願いをするため、参りました」

ビンスが休戦と発言して、場がざわついた。

この期に及んで休戦などあるものかと、ヤジを飛ばすものもいた。

降伏の使者として、その条件をなるべくカンセスにとっていいものにするために、来ているのだと思っていたため、私は意外に思った。

どちらにしろ休戦などというのは、受け入れることのできる話ではない。断るだろう。

「休戦……ですか。申し訳ありませんが、いかなる条件であろうともそれは受け入れられません。お帰り下さい」

ロビンソンは丁寧にそう言ったが、ほかの貴族たちは帰れ帰れとわめいている。

「話は最後までお聞きいただきたい。こちらにはまだ使っていない秘密兵器がございます」

秘密兵器。

いきなり妙なことを言い出した。

「秘密兵器とは？」

「ベルツド城では、以前から魔法兵器の開発を行っておりました。我々が開発したのは、超大型の触媒機と、都市を一撃で粉砕できるほどの魔法です。その気になればこのスターツ城を破壊することが可能です。出来れば私たちもこれを使いたくはありません」

ハッタリだと聞いた瞬間に思った。

本当ならクランごとこの城を吹き飛ばせるだろうが、そんなものがあるのならもっと早く使っているだろう。

「嘘ですね。そのような兵器の存在は聞いたことがありません。あったのならなぜ今まで使っていないのでしょうか？」

ロビンソンは私が思ったことを言った。

周りの貴族たちも、ロビンソンの意見に賛同する。

しかしビンスも引き下がらない。

「大量に人を殺すような兵器ですので、やすやすとは使えませんよ。それこそ今のように追い詰められた時以外では、使えませんよ」

それは一理あるが、そんな物が都合よくあるとはやはり思えない。

ただ、絶対にないとは断言は出来ないし、面倒なことを言ってきたと私は思った。

その後もビンスは話を続ける。

中々ビンスは弁舌に長けており、嘘だと断定していた貴族たちが、徐々にもしかしたら本当かもしれないという空気になって来た。

このましゃべらせるのはまずいとロビンソンは判断したのか、一旦ビンスとの面会を打ち切り退出させた。

「いいですか。今の話はハッタリです」

ロビンソンはそう言いきったが、ほとんどの者が煮え切らないといった表情を浮かべている。

確かにハッタリである可能性は高い。しかし、万が一があるかもしれない。そんな不安を抱えた表情であった。

「都市を破壊したくないから使わなかったと言いましたが、そもそもそんなものがあるのなら、こちらにわざわざそのことを伝えずに、行軍して城に向かう我が軍に撃てばいいだけのはずです。都市を破壊するほどの攻撃が、軍勢に打ち込まれれば、大勢の兵が死亡する上に、兵の士気も激減して、戦など出来なくなるはずです。その程度の事は名将トーマスならわかるはずでしょう」

「しかし、ビンスは敵兵と言っても、ミーシアン出身であることには変わりはなく、同胞を殺戮《さつりく》兵器で殺したくはないから、休戦を求めると言っていましたよ」

「市民を殺すことに戸惑いがあっても、兵士を殺すことに戸惑いはないでしょう。そんなものがあったら、初めから戦わずに、降伏してるはずです」

ロビンソンの言葉を真っ向から否定する者はいなかったが、それでも万が一という不安は拭えないようすだ。

これは面倒なことになったな。クランと言えど家臣の言葉を完全に無視は出来ない。このまま休戦すべきとの意見が固まる可能性もある。

「ふん」

私の近くにいたミレーユが鼻を鳴らした。

貴族達はミレーユに注目する。

「こんなもんハッタリに決まってるだろ。いいかい、そんな強力な兵器はベルツドだけの力では絶対に作れない。ミーシアン州総督が動かなくては作れないだろう。仮にベルツドで開発が行われたとしても、それは前ミーシアン州総督の働きかけがあったからであることは疑いようがない。そして、いくら秘密を作ったとしても、息子であるクラン様がそれを知らないというのは考え難い。そんな兵器の存在があると知っているのなら、ベルツド攻めの方法を変えてるだろう」

ミレーユの言葉を聞いて、貴族たちは「それはそうだな……」と少し納得しかけている。

「とにかくクラン様を呼んで、話を聞けばいい。そんなものは絶対にないし、心配している奴は愚かだと断言すると思うよ」

クランに断言させれば、確かに不安も解消するかもしれない。

彼の言葉には、重みと説得力がある。家臣たちも尊敬している者は多いだろうし不安は解消されそうだ。

その後、ロビンソンがクランを呼んできた。

ミレーユの宣言通り、そんなものはない、信じるなと断言した。これで家臣たちの心配はほとんどなくなったようだ。

ビンスの要求は却下され、城から出された。

私は一安心したのだが、ミレーユとロセルが、何やら真剣な表情で話し合いをしている。気になったので、会話に混ざることにした。

「何を話しているんだ？」

「ん？　ああ、さっきの使者が来た本当の目的がいまいちつかめなくてね」

「うん、あんなもの通るはずないし。それは向こうも分かってるだろうけど、どうしたもんだろうかと」

確かにトーマスが知略に優れた人物なら、あれが最高の策ということはなさそうだな。

ただ、今の策に別の目的が隠されているかは、個人的に疑問に思った。

「今のはイチかバチかでやってみただけで、特に狙いはないんじゃないか？　ほかに作戦はあるかもしれないけど」

「その可能性もあると思うけど……」

「それにしたって大雑把な作戦すぎる気がするが。まあ、考えすぎかもしれないが、考えるに越したことはないからね」

その後も話し合ったが、敵の狙いはまだ分からなかった。

それから数日後、自軍が順調に出陣の準備を固めていたら、敵の情報を集めていた偵察が、慌てた様子で報告をしに来た。

偵察はクランの元に報告に行き、気になったので、私も内容を聞きに行った。

「敵軍が妙な動きを始めました。何やら見たことのない巨大な器具を準備しているようです」

「何だと？」

それを聞いてクランは渋い表情をする。

巨大な器具、それを聞いて思い浮かべるのは、この前、使者の言っていたベルツドで開発されたという、秘密兵器の話だ。

まさか嘘ではなく本当だったのか？

そう思ったが、すぐ考え直す。

この器具も嘘である可能性が高い。

実際は全然兵器でない物を、あたかも兵器であるかのように準備しているだけに過ぎないだろう。

ただ、実際に準備までしているところを見せられると、もうちょっと慎重に調べてから行かないとまずいかもしれないという気になる。

予想が外れて、本当に例の兵器である可能性もあるし、都市を破壊するほどの威力はなくとも、かなり強力な兵器である可能性がある。

クランはどう判断するだろうか。

「これも嘘である可能性が高い……が、正体を突き止めないと、家臣たちが怖がって、士気が上がらん可能性があるな……兵器の正体を調べ上げるには、少々時間がかかる。敵の狙いは時間稼ぎか。無駄な事を。今更、ちょっと時間を稼いだところで、何の効果もなさない」

クランは兵器の正体を調べるつもりのようだ。兵器はベルツドの城壁から外に出ているようだから、何とかなりそうだが、時間はかかるかもしれない。

敵の狙いが時間稼ぎだというのなら、それはそれで解せないところもある。クランの言う通り、今更時間稼ぎをして、どれほど意味があるというのだろうか。

本当に兵器の開発が進んでいて、開発が完了するまで粘るとか？　うーん、可能性はゼロじゃないが、仮にそうなら私ならこの方法は取らないだろうな。時間をちょっと稼ぐくらいなら、ほかに方法はあると思うし。

じゃあ、時間稼ぎのほかに目的があるのだろうか？

正直考えても分からないな。

クランは兵器について調べ上げるようだし、しばらくは情報を待つしかなさそうだ。

情報を調べるのには、シャドー以外の密偵を使った。シャドーはクランの身を守るという重要な任務があるため、使う事が出来なかった。

数日後、意外と早く密偵が帰ってきた。

その報告を私は直接聞かなかったが、クランが報告を聞いた後、家臣を集めて、密偵の報告を話した。

「例の兵器とやらは、やはり真っ赤な嘘のようだ。敵は兵器に注目させて、時間を稼いでいるうちに、こっそり魔法罠を仕掛けたりして、防衛力を高めようとしていたようだ。密偵が情報を掴《つか》むのに失敗していたら、少し厄介なことになっていたかもしれない」

なるほど、あれは目くらましだったのか。

確かに事前に秘密兵器の話をされて、それっぽい兵器を用意していれば、こちらはそれに注目する。

その間に、罠を仕掛けるなり、本当にやりたいことをしたというのか。

「敵の目論見は分かった。ベルツドは包囲で落とすつもりだから、罠を仕掛けられようと落とせるだろうが、無駄な時間がかかってしまう恐れがある。罠を仕掛けられる前に出撃して、敵の目論見を打ち砕いてやろう」

いよいよ出陣するのか。

敵の作戦は判明したから、このまま黙って見ている必要は確かに感じない。

しかし、どこか違和感を感じていた。

クランがその情報を知りえたという事は、敵がしくじってこちらに情報を漏らしたという事になる。

トーマスは名将という話だが、そんなしくじりを犯すだろうか？　詰めが甘いというか。

どんなに凄い人間でも、ミスはする時はする。考えすぎの可能性も高かったが、私はミレーユに相談をしてみた。

「アタシもそこに違和感は持ってるけど、とはいえトーマスは別に完璧超人じゃない。案外つまらないミスをする奴と言えばする奴だ……もっとも、奴と最後に会ってからもう長い期間が経っているし、その間成長した可能性はあるがね。ただ、それを加味してもミスをする可能性はゼロじゃないと思うよ」

ミレーユは冷静な表情でそう言った。

最近は会っていないとはいえ、身内である彼女がそう言うのなら不安はないだろうか。

「敵の指揮官は、師匠の弟……」

横で話を聞いていたロセルが、考え込むように何かを呟いた。

ロセルもどこか引っかかるところがあるのだろうか？

しばらく考え込んで、ロセルは何かを思いついたようにカッと目を見開いた。そして少し声を震わせて言った。

「て、敵の本当の作戦が分かったかもしれない」

○

――さて、上手くいってくれるか？

トーマスは緊張しながらそう思った。

彼は今、兵士たちと一緒に、森の中に潜んでいた。

奇襲の上手いトーマスは、兵を隠すのに長けていた。大勢の兵が潜んでいるのだが、敵が近づいてきても、簡単には勘づかれない自信があった。

トーマスは必ず敵軍が、この森の近くにある街道を通ると確信を持って、森に伏兵を置いていた。

なぜ確信があるかと言うと、トーマスが来るように仕向けたからだ。

敵に使者を送り、さらに兵器みたいな物を設置して、敵に色々考えさせたあと、ワザと敵に情報を流すことで、敵はこちらの考えを見破ったと思わせる。これ以上もう策はないと考えた敵は、必ず罠を作るのを阻止しにくる。

敵が来たところで奇襲を成功させる。

それでどのくらいの敵兵を打ち取れるかは不明だが、上手くいけば、どうしようもない状況を打開するくらいの数は討ち取れると読んでいた。

念入りに考えた作戦だが懸念もあった。

敵が慎重な姿勢を取って、来ない可能性がまずある。仮に来たとしても、奇襲の難易度は決して低くない。奇襲が得意なトーマスとはいえ、失敗に終わる可能性も十分あった。

トーマスは、成功するかは分からなかったが、策が見破られるとは思っていなかった。

自分の姉が、似たような作戦を模擬戦でやったなど、頭の隅にも思い浮かぶことはなかった。

○

「敵は以前師匠が模擬戦でやったのと、似たような作戦を取ろうとしているかもしれない」

ロセルが呟いて、ミレーユが少しハッとしたような表情を浮かべる。

「なるほど、確かにその可能性はありそうだねぇ。ガキの頃何度か奴には、似たようなイタズラをした記憶があるし、それを覚えてたのかもしれないねぇ」

私も敵が取っているかもしれない作戦に気が付いた。

要はわざと情報をこちらに流して、私たちを罠に嵌《は》めようとしているのだろう。

確かに模擬戦で、似たような戦術をミレーユが思いついて実行した記憶がある。

姉弟というだけあって、思いつく作戦も似ているという事なのだろう。

ロセルは具体的に敵の作戦について予想を語った。

偽の情報を流し、こちらを誘導して、そこで奇襲を仕掛けて、大損害を与え、戦況を五分とはいかずとも、絶対的不利な状況を何とか六対四くらいに戻す。

六対四でも敵の不利は変わりないが、絶望的な状況ではなくなる。戦術の立て方次第では、勝ち目は出てくるだろう。クランもそうなると出陣せざるを得なくなる。互角に近い状態だと、家臣たちに任せておけないだろうからな。

とにかくこの作戦が決まってしまえば、ベルツド城は簡単には落とせなくなってしまう。確実に奇襲をしてくるとは、断言できないが、ケアをしながら行けば、そう簡単には成功させられないだろうし、今気づけて良かった。

私はロセルとミレーユを連れて、クランと面会し、ロセルに敵の作戦を説明させた。

「……なるほど……私も少し妙だと思っていたのだ……確かに私の用意した密偵は、それなりに優秀な者たちだと聞いているが、こんなにあっさり大事な情報を掴むだろうかと……。

敵がその作戦をしてくるかは、まだ確定ではないが、可能性としては大いに考えられるだろう。

よくぞ話してくれた」

ロセルはクランに感謝されて、少し照れ臭そうにしていた。

そのあと、具体的に敵はどこから奇襲をかけてくるだろうか、とロセルに質問をした。

地図を見ながらロセルは説明をした。

結構大きめの森があって、そこに兵を隠している可能性が高いという。

「森に兵を潜めているか……なるほど……ならば火攻めをすると効果的だろう」

「ええ、敵の逃げ場を防いで、炎魔法で森を焼き払います」

「敵将のトーマスはなるべく生け捕りにしたいがな……優秀な者を殺すのは惜しい。しかし、取り逃がして、ベルツド城に戻られるのが、一番痛い」

クランはそう言って、若干悩んだが、それでも決断をした。

「火攻めをしよう。敵が潜んでいる森を焼き払うのだ」

予定通り作戦は実行された。

現場の指揮は、ルメイルが担当になったため、私も家臣たちと一緒に来ていた。

本当に敵兵が潜んでいるかを事前に確認するために密偵を出せば、勘づかれて逃げられる可能性もあったので、調べずに攻撃することになった。

仮に外れていれば、無駄に魔力水を消費することになるが、資源自体は豊富にあるため、そこまで痛い損害にはならない。

前世日本で生きていた時の感覚が、まだ残っている私は、緑豊かな自然を焼き尽くしていいのかと、罪悪感を感じたが、この世界の人たちは特にそんなことを感じたりはしないようだ。

敵が潜んでいる可能性の高い森の周辺に、大型の触媒機を複数設置した。

天候は晴れで、空気も乾燥しているような気がする。

これならよく燃えてくれそうだ。

触媒機の準備を完了させ、ルメイルが手を上げて、魔法を使うように合図をする。

魔法兵たちが同時に、ファイアーストームという強力な炎属性の魔法を放った。

炎の渦が複数発生し、森を焼き尽くしていく。

一際大きな炎の渦があるが、あれは恐らくシャーロットの魔法だろう。

さて、これだけ凄まじい炎なら、森の中にいる場合、全員消し炭になってそうだが、何人かは上手く抜け出す可能性もあるので、そういう者も逃がさないために、森の周辺には包囲網を敷いていた。炎が当たらないよう、森から少し離れた場所に兵を配置している。

もし仮にトーマスが出てきたら、捕らえろと言ってある。トーマスの見た目は、クランが全軍に伝えた。

ミレーユは数年会っていないので、今の見た目は知らないようだ。実際、クランの話だと今のトーマスには髭が生えているそうだが、ミレーユは髭の生えたトーマスを知らなかった。

私は少し離れた位置から、森が焼ける様子を見ていた。

中に人がいたのかまだ分からないが、仮にいた場合、地獄のような目に遭っているだろうと断言できるくらいの業火だった。しばらくすると、自軍に動きが出る。

どうやら、何人か抜けてきた兵士がいるようだ。

命からがら逃げてきた兵にとどめを刺すという、何とも無慈悲な光景が私の目の前に広がっていた。

目を背けたいという思いに駆られるが、ローベント家の当主として、情けない姿は見せられないと、戦の様子を見守っていた。

そして、

「報告します！　敵将トーマス・グランジオンを捕らえました！」

そう報告があった。

「本当か！　連れて来い！」

ルメイルが急いでそう命令する。

縄で縛られた、髭面の坊主の男が連れてこられた。

長身でごつい男だ。ミレーユと目つきと鼻の形が似ていた。姉弟だと言われれば、頷けるくらいは似ていた。

「ミレーユ、こいつはお前の弟か？」

ルメイルが一応尋ねた。

「間違いないねぇ。久しぶり、愚弟」

「…………」

トーマスは無言でミレーユを睨み付けた。

一切喋《しゃべ》らずに、ミレーユを睨み続ける。どうやらかなり嫌われているようだ。

私はトーマスを鑑定してみた。

トーマス・グランジオン　27歳♂
・ステータス
　統率　95/100
　武勇　85/91
　知略　94/94
　政治　80/80
　野心　20

・適性
　歩兵　A
　騎兵　S
　弓兵　A
　魔法兵　C
　築城　B
　兵器　D
　水軍　D
　空軍　A
　計略　S

帝国暦百八十三年一月十日、サマフォース帝国ミーシアン州アルカンテス郡アルカンテスで誕生する。両親共に死亡。姉が一人。頑固な性格。甘い物が好き。乗馬が趣味。優しい女性が好み。主であるバサマークには、固く忠誠を誓っている。

名将と言われるだけあって、物凄く優秀な能力値である。

姉ミレーユにも引けを取らない。総合的には、トーマスの方が強いかもしれない。

彼がクランに付いてくれたら、強力な味方になるだろうが、バサマークへの忠誠心はやはり厚そうである。

簡単に寝返らせることは出来ないだろう。

まあ、今回の戦でベルツドは、恐らくなすすべもなく落ちるだろう。流石にもう逆転の目はないはずだ。

そうなると、アルカンテスにいるバサマークも、かなり厳しくなる。クランが、バサマークを打倒し、ミーシアンの支配者となれば、トーマスもクランに仕えるかもしれない。バサマークを処刑しなければの話ではあるが。

私たちはその後、トーマスをスターツ城へと連れて帰った。

「久しぶりだなトーマス。三年ぶりくらいか。今回の作戦で、殺してしまうだろうと思っていたが、生きていたのは存外な幸運だ」

クランは、トーマスが生きていたことを大いに喜んだ。

恐らくこれからトーマスを自分の家臣になるよう誘うのだろう。

トーマスもそれを予見していたようで、

「家臣になれといっても応じねーですよ。俺の主君はバサマーク様だけだ」

誘われる前に牽制《けんせい》をした。

「そう言うとは思っていた。だが、頭の良いお主ならわかるはずだ。今この状況は、バサマークにとっては決して良くはないという事を。私に仕えれば、好待遇を約束しよう」

「こういうのは、損得で決めるもんじゃねーでしょ？」

トーマスの態度は頑なように見える。

その後もクランは粘り強く勧誘したが、トーマスが首を縦に振ることはなかった。

トーマスは、逃がしてはならない存在なのは間違いないので、一旦勧誘は諦めて、牢に入れることになった。

そして、予定通りベルッドを包囲して落とすため、出陣の準備を開始。

冬が終わる頃に、出陣することになった。

エピローグ

冬が明け、私たちはクランの命令の下、ベルッドを落とすため出陣した。

兵たちを率いるのはルメイルだ。彼は、今回の戦で立場を上げることになった。

敵は籠城を選択した。ベルッドを落とす方法は、包囲に決定している。ルメイルは、ベルッドにネズミ一匹通さないよう、徹底的な包囲網を敷いた。

包囲して数日で、ベルッドから使者がやってきた。降伏の使者だった。今度こそ万事休すと、敵軍は悟ったのだろう。

敵も無条件で降伏する気はないようだ。家臣たちの身の安全を保証することが条件のようだ。あくまで身の安全のみで、立場までも現状と同じにしてくれという条件ではなかった。郡長カンセスは、自身の身の安全は条件に入れていなかった。

ルメイルの独断で条件を飲むかは決められない。一度クランに書状を出して、どうするかを尋ねた。その条件で問題ないと返答が来た。その瞬間、正式にベルッドの降伏を受け入れることに決まった。

ルメイルはベルッドに使者を出した。

降伏するため、兵たちの武装を解除し武器や魔力水を引き渡すこと、城に罠《わな》が仕掛けてある場合は全て解除すること、などの条件を使者は伝えた。

敵は大人しくその条件に従った。

武装解除した兵たちの武器が大量に運ばれた。これ以上はないだろうと思えるほどである。

ベルツド城には侵入者撃退用の罠が、複数仕掛けられておりそれを全て解除させた。

隠している可能性もあるので、徹底的に調べさせた。

もう罠がないと確信を得ると、兵たちを引き連れてベルツド城へ入城した。

ベルツド城も城郭都市だ。町の規模は大きい。クランの治めているセンプラーほどではないが。

カナレよりかは間違いなく大きかった。ベルツドは、センプラー、マサと並ぶ、ミーシアンの大都市の一つなので、それも当然の事だろう。

城に入り、ベルツド城にいた貴族たちの身柄を拘束した。彼らを殺すことはないだろうが、今まで同じ立場でいられるかは分からない。私の鑑定結果に大きく左右される可能性は高い。

一通りベルツドの重臣たちを鑑定してみた。意外と能力の低い者もいたが、概ね優秀な者が多い。ただし飛びぬけて凄い者はいなかった。

そして、郡長カンセスの姿もここで初めて見た。

髪は黒い。顔には皺《しわ》が多めに刻まれている。ぱっと見は平凡な中年男性という感じだが、普通ではない目力があった。

ステータスは思ったより平凡だった。平均は60台中盤ほど。政治力は高く80くらいあった。通常の人間よりかは、すぐれたステータスだが、ベルツドという大都市の郡長なので、もうちょっと高いステータスを持っていると勝手に予想していた。家臣たちにはだいぶ慕われていることから、人徳があるのだろう。

ベルッド城の安全を完全に確保したと、ルメイルはクランに報告をした。クランはベルッドに来るようだ。包囲に使った兵たちをクランの護衛に派遣した。その兵たちに守られ、クランがベルッドに到着した。

「カンセスよ。今回、降伏するという決断は賢明なものであった。しかしながら、私の誘いを断りバサマーク側に付き、私と戦う事を選んだ者を何の処罰もしないわけにはいかない」

クランは厳しい口調で言った。

カンセスの家臣たちは、不穏な空気を感じ取ったのか、カンセスを助命してほしいと、一斉にクランに頭を下げる。

「何も殺すとは言っていない。ベルッド郡長の地位からは当然降りてもらう。そして、バサマークとの戦いに決着が付き私がミーシアンを手中に収めるまで、牢《ろう》の中にいてもらおう。その後は、態度次第で新たな領地を与えてもいいだろう」

殺さないのは比較的寛大な措置と言えるかもしれない。ここでカンセスを殺した場合、無用な恨みを買う事になってしまうため、ここはそれで正解だろう。

重臣たちの中には、カンセスと一緒に牢に閉じ込められることを望む者が多かった。クランに仕えると忠誠を誓った者も少数だがいた。

こうしてベルッドの戦いは完全に終結し、戦後の処理を開始した。

この戦で味方の人的な被害は少なかったが、兵糧や魔力水の消耗は大きかった。まだアルカンテスは落とせていないが、今の状態で落とし切ることは困難であるとクランは判断し、一度長い準備期間を置くことになった。最低一年は要するようだ。

準備期間中、落とした土地をどうするか決めることになる。

事前に降伏してきた郡は郡長に入れ替えはないが、抵抗をしたベルツド郡とサムク郡には、新たな郡長を置くことになった。

まずサムク郡長は、調略によって降伏したリューパが務めることになった。

郡長の地位を狙っている者は多く、納得のいかない家臣たちも結構いたようだ。しかしこれは、クランの言葉を聞き入れて降伏した者は優遇するという事を見せることで、降伏してもらいやすくなるという効果を狙ったもので、そのためには多少家臣たちに不満を持たれても良いと思ったのだろう。いや、良いと思ったのではなく、ほかでカバーをするつもりなのだと思う。

そしてベルツド郡長だが、これはルメイルに任されることになった。

この決定には異論はなかったようだ。ルメイルは今回の戦で、かなり立場を上げていた。あくまで私の家臣が立てた策ではあるが、指揮をしていたのはルメイルなので、今回の戦では一番戦功を立てたものとみなされていた。

ルメイルは元々カナレ郡長であり、カナレとベルツドは距離がある。同時に治めるのは難しい。

カナレはどうするのかという話になり、クランはこう高らかに宣言した。

「カナレ郡長は、アルス・ローベントに任せることとする」

バサマークとの戦が終わった時に、カナレ郡長になれる約束だったが、あの約束を交わした時は、ベルツドを先に落とすという戦略を立てていなかった。事情が変わったため、今回のような決定になったのだろう。

私は完全に反対されると思っていたが、予想に反して賛否両論であった。私の家臣が挙げた手柄が、全てルメイルのおかげ、という風にはなっておらず、きちんと評価されていたようだ。クランが私を日頃から持ち上げてくれていたおかげでもあるかもしれない。

それでもまだ若すぎるという反対意見も出たが、クランは決断を変えることなく、私をカナレ郡長にすると言った。

ただ、それでもまだ私がカナレ郡長になると決まったわけではなかった。

ルメイル自身がベルツド郡長になるという話に首を縦に振らず、少し考えさせてくださいと言ったのだ。

功労者だけに、クランも強引にはなれず、決断を待つということになった。

そして夜、私はルメイルに呼ばれた。

二人きりで話したいとのことだった。

私はルメイルを信頼していたので、護衛は付けず一人で向かった。

ルメイルの居る部屋に入った。真剣な表情でルメイルは座っている。

「よく来たアルス」

「はい。約束通り一人で来ました」

「かけてくれ」

促され椅子に腰を掛けた。上質で座り心地の良い椅子だが、緊張していた私にその感触を味わう余裕はなかった。

しばらくルメイルは沈黙する。私は彼が話し出すのを待つ。

「……カナレ郡という土地は、先祖代々受け継いできた土地なのだ」

悩み深い表情でルメイルは語り始めた。

「私も子供の頃から住んでいた。思い入れも大きい。カナレの町は小さいが、一人でも多くの領民が笑って暮らせるよう、努力してきた。それでも足りないから、まだまだ努力を続けていくつもりだった」

「…………」

「……それでも、カナレはこのベルッドに比べて小さい。遥《はる》かに小さい。人も少なく、町の規模も小さい。有用な資源の数に至っては、雲泥の差がある。本当ならありがたい話なのに、どうしても心から喜べないでいる」

「……お気持ち痛いほど分かります」

ルメイルは再び長く沈黙をした。

私は緊張しながら彼を見つめ続ける。強い葛藤があるのだろう。

数分経過して、ようやくルメイルは口を開いた。

「アルス」

「はい」

「カナレ郡をより良い土地にすることがお主にできるか？」

真剣な眼差しでルメイルは私を見た。中途半端な覚悟で返答は出来ない。カナレをより良い土地にする。そう簡単なことではない。それでも出来ると思った。家臣たちの知恵を借り、そしてあの土地にまだ眠っている才能を私自身が発掘し、有能な者を取り立てていけば、間違いなく今より良い領地にできると確信した。

私は真剣な目でルメイルを見つめ宣言した。

「出来ます」

私の返答を聞いたルメイルは、数秒間私の目を見つめ、口元を綻《ほころ》ばせながら答えを出した。

「私はベルツド郡長になる。カナレはお主に任せたぞ」

番外編　傭兵《ようへい》リーツ・ミューセス

サマフォース帝国、サイツ州コーンレント郡レッドルート。

サイツ州の東側に位置するコーンレント郡は、サイツ州の中では、あまり大きな郡ではない。

レッドルートは、コーンレント郡の北東にある、小さな町であった。あまり豊かな町ではない。草木もほとんど生えていない枯れ果てた土地に町はあり、建物も全体的に古びており、今にも壊れそうな物が多かった。住民たちの身なりもいいとはいえない。

貧しそうな人や物乞いが、至る所にいた。

リーツ・ミューセスは、そんなレッドルートで、奴隷の子として生まれた。

リーツはマルカ人という人種だ。元々、サマフォース帝国が昔、他国との戦争に勝利し、奴隷として連れてきた人種である。

徐々に奴隷から自由の身になるマルカ人も出ては来ているが、まだそのほとんどが、奴隷のままだった。

リーツの両親もマルカ人奴隷であり、奴隷の子は奴隷になるので、生まれた時から、リーツは奴隷になる運命を背負っていた。

幼い頃、リーツはまともに人間として扱われた記憶がなかった。

食事は質素で、最低限の物しか食べられず、鞭《むち》で打たれる事も頻繁にあった。

自分を生んだ両親とは、まともに親子の関係になる事はなかった。

母はリーツが四歳の頃に、病に倒れ死亡した。その短い間、母がリーツに愛情を注ぐ事はなかった。元々強制的に生まされた子で、愛情もなかったのだろう。父はそれから二年後に、同じく病に倒れて亡くなっている。父はリーツに全く興味を示さず、話した記憶すらなかった。

リーツには妹がおり、七歳頃まで仲良くしていたが、突如いなくなった。死んだのではなく、どこか別の場所に連れて行かれたようだ。

七歳にして、リーツの周りにいた肉親は、全員いなくなった。

そして、十一歳の時。

過酷な労働に何とか耐えていたリーツは、売られることになった。

彼を所有していた者が借金を背負い、それの支払いのため、自分の財産を次から次に売り払うことになったからだ。

奴隷商人の元に売り飛ばされたリーツは、奴隷市場で檻《おり》の中に入り、自分を買う者が現れるのを待つことになった。

「マルカ人の子供です。まだガキだが結構力が強くて、いい労働力になりますよ。値段は銀貨一枚と格安！　如何ですか」

様々な奴隷が立ち並ぶ奴隷市場。

奴隷商の男が、リーツの呼び込みをしていた。

リーツの価値は銀貨一枚。決して高価ではない。

「銀貨一枚か。安いな」

額と頬に傷の入った男が、リーツの檻の前に立ち、そう呟《つぶや》いた。

すると、横にいた背の低い男が、

「団長、こいつマルカ人ですぜ。マルカ人は劣等で無能だから、使い物にならないっすよ」

「マルカ人か……」

団長と呼ばれた男は、顎に手を当てながら、リーツをジロジロと観察するように見る。

「あ、それともアレっすか。雑用に使うんすか？　それくらいならマルカ人でも出来るかもしれないっすね。もしくは顔が良いから団員の……」

「馬鹿が、そういうのは女にやらせるもんだろ。こいつは男だし、当然戦わせる」

「えー？　それなら別のやつの方が良くないですか？」

小柄な男は全力で反対するが、

「銀貨一枚より安いやつはいるか？」

団長と呼ばれた男は、無視して奴隷商人に質問する。

「こいつが最安値です。マルカ人は一番安い人種で、コイツしか今日はいませんからね」

「そうか。じゃあ、やはりコイツは買っておこう」

「ま、マジっすか？」

「なぁに。囮《おとり》くらいにはなる。銀貨一枚ならそれで十分だし、もし当たればそれはそれでラッキーねぇだろ。もっと高い奴を買って使えなかったら、大打撃だ。うちはそんなに金を持っているわけじゃねぇだろ」

「……それはそうっすけどねぇ」

「とにかく買うと決めた。銀貨一枚だ」

「毎度ありー」

こうしてリーツは、二人の男に奴隷として購入された。


「さて、お前、名前は？」

自分を買った男たちに酒場に連れて行かれ、そう尋ねられた。

名前を聞かれたのは、かなり久しぶりのことだった。奴隷の自分の名など、誰も気にした事はない。

久しぶりすぎて、自分の名前ですらパッとは出てこなかったが、思い出して名乗る。

「……リーツ・ミューセス」

リーツたちが座っている席には、いくつかの料理が置かれていた。質素な料理であるが、空腹だったリーツにはご馳走《ちそう》だった。チラチラと料理に視線を向ける。

「リーツか。俺はバロック・グレイド。傭兵団『フラッド』のリーダーだ。こっちは団員のペンタン」

バロックはそう名乗った。横に座っていたペンタンはリーツを見下しているのか、特に口は開かなかった。

「よう……へい……だん？」

今までまともな教育を受けてこなかったリーツは知識に欠けており、一般的に知られていること
も知らないことが多かった。

「知らねぇのか。戦をして飯を食っているのが傭兵って奴だ。お前は奴隷としてではなく、戦力と
して買った。傭兵団のために戦ってもらう」

「……僕、戦ったことなんてない」

「じゃあ、一ヵ月で戦えるようになれ。まあ、別に戦えなくても使い道はあるが、それだとお前は
すぐ死ぬし、俺も得しないしで良いことがない」

極めて冷徹な表情でバロックは言った。

戦えるようにならなかった場合、リーツを戦場で捨て駒にすることなど、何とも思っていないよ
うな表情だった。

戦えなかったら、自分がどういう目に遭わされるか、具体的にリーツは理解したわけではなかっ
たが、バロックの表情を見て、間違いなく酷い目に遭わされるだろうと、直感的に理解した。

「どうやったら戦えるようになる？」

「そりゃ、訓練するしかねぇ。一ヵ月で戦場で使えるくらいになるのは大変だ。死ぬ気で頑張れ」

軽い口調でそう言った後、バロックはパンを頬張る。

その瞬間、リーツの腹の音が鳴った。

「飯くらいは食わせてやるから、食えよ。腹が減っては戦はできぬってな」

本当に食べていいのかと、リーツは思った。恐る恐る食器に手を伸ばして、料理を食べ始める。

数口食べてバロックの顔色をうかがい、何も言われないことを理解すると、そのまま勢いよく料理を食べ始めた。

食事を食べ終わると、バロックが立ち上がり、食事代をテーブルに置き、

「まあ、話はこんくらいだ。良い買いもんだったと言えることを期待している」

実際はすぐに死ぬだろうと、たいして期待していなそうな表情で、バロックはリーツにそう言った。

○

それから、リーツは傭兵団の溜《た》まり場に案内され、団員を数人紹介される。

皆リーツに特に興味がなさそうだった。マルカ人だからと見下すというわけでもない。本当に、全くというほど、関心を示してこなかった。

恐らく、自分がすぐ死ぬと思っているからだろうと、まだ子供ながらにリーツは予想した。

とんでもないところに買われてしまったかもしれないと、その時、心から思った。

まだ、鞭を打たれながら雑用でもしていた方が良かったかもしれない。

苦しくて、惨めな思いはするが、それでも少なくとも生きてはいける。

（……戦えるようになれば、生きていける）


リーツは、訓練のため、溜まり場においてあった剣を、借りて良いのかとバロックに尋ねた。

「早速、練習する気か。良い心がけだ。隅っこにあるのは、どれ使ってもいいぞ」

隅っこに、古びた剣がいくつか置いてあった。

リーツはそれを一本取り、外に出て素振りを始めた。

最初はがむしゃらに振るだけで、とても形になっていなかった。

ただ、リーツは細く見えるが、意外と筋力はあり、それなりに重い剣を振っても、体の方が逆に振り回されるという事はなく、きちんと振り切れていた。

バロックは特にリーツに教育を施すという事はなく、ほかの団員もまるで興味なしという状態だったので、最初は独学で練習するしかなかった。

翌日も訓練をした。

団員にも、真面目に訓練をする者がおり、その人の剣の振り方などを、じっくり見て観察し、自分の動きに取り入れていった。

リーツの観察力と、運動神経は非常に優れており、すぐに見様見真似で、同じ動きを出来るようになる。

目を見張るような速度で、リーツは剣の腕を上達させていった。

「ほう……？」

数日後、大して期待していなかったが、気まぐれで、どんな感じになっているのか見にきたバロックが、リーツの剣の振り方や、身のこなしを見て驚いた。

「筋がいいな。元々剣をやってたのか？　いや、それなら銀貨一枚では売られないか」

「俺が見た時は全然下手くそでしたよ。今じゃ、これだ」

そう言ったのは、スキンヘッドの団員、レイビルだ。彼は毎日欠かさず、朝訓練を行う真面目な団員だ。

リーツは最初に、レイビルの動きを真似て上達した。

レイビルも他の者と同様、リーツを一切気にも留めていなかったが、みるみる上達していくその姿を見て、注目するようになった。

「これはいい拾い物をしたかもしれんな」

バロックはニィと笑った。

傭兵団フラッドが現在滞在している、レッドルート付近では、非常に治安が悪化しており、野盗が大量発生していた。

野盗と言っても元は正規の軍隊に所属していた、脱走兵という場合もあるので、簡単には倒せないこともある。

レッドルート領主は、何とか治安回復のため、野盗を退治したいが、兵力に欠けているため、傭兵団の手でも借りるしかないという状態になっている。

数週間後、領主が野盗退治に乗り出し、バロックはそれに同行することになっていた。

手柄を多く立てれば、それだけ多くの報酬をもらうことができる。

そのため、才能のありそうなリーツを引き当てたことは、かなり幸運な事であった。

「才能があるなら、もっと本格的にしごくか。おい、ペンタン。お前が教えろ」

「お、俺っすか？　面倒っすねぇ。確かに筋はいいみたいですが、戦場で使えるかどうかは別もんっすよ」

いくら剣の腕があっても、戦場で人を殺すことができるかどうかは、別の問題である。

戦場でビビって、逆に殺されてしまうか、逃げ出して使い物にならなかった実力者を、ペンタンは何人か見てきた。

「そんな事お前に言われんでも分かっとる。強ければ、使い物になった時のリターンが大きいだろうが。いいから教えろ」

「はぁ……分かりましたよ」

渋々ペンタンはリーツに、剣を教えることになった。


さらに数日後。

ペンタンの指導もあってか、リーツの剣の腕は非常に上達していた。

実力をきっちり発揮さえできれば、間違いなく戦場でも大活躍できると、教えていたペンタンは確信していた。

ある日、傭兵団の面々が全員集められた。

全部で百人に満たないくらいだ。それほど大規模ではないが、決して小規模でもない。平均に近いくらいの人数だった。

バロックが前に立ち、話を始める。

「さて、明日は仕事だ。報酬はまあ、そこそこの額だな。よほど野盗どもに困っているらしい。活躍すりゃ報酬も増えるから、頑張りやがれ」

言い終わると、「オォー!!」という雄叫びを傭兵団員たちは上げた。

多額の報酬をもらえると、美味い飯は食えるし、いい女が抱ける、団員にとってはいいことだらけだ。

活躍次第で報酬が増えるということで、一気にやる気を上げていた。

リーツは緊張感を高めていた。

すでに何人かの団員は超えたといえるほど、剣の腕は向上させていたが、初めての実戦となると分からないことも多く、どうなるか不安で仕方なかった。

バロックの話は終わり、団員たちは解散する。

リーツがバロックに呼び止められる。

「そういや、まだ、お前の装備を渡していなかったな。ちょっと来い」

「装備？」

「丸腰で戦うわけにはいかんだろ。お前用の防具と武器を作ったから、今から渡す」

そんな物を作っていたとは、リーツは初耳であった。

数日前、いきなり採寸をされたので、何だと思っていたのだが、装備を作るためだったのかと合点がいった。

リーツはバロックについて行く。

バロックが買っておいてくれたのは、動きやすそうな軽めの防具と、そんなに質は良くなさそうな片手剣であった。

「着てみろ」

リーツはバロックの言葉に従い、鎧《よろい》を身につける。

事前に採寸を行なっているので、ピッタリだった。

「ちなみにその防具と武器の代金は、報酬から引いておくから、しばらくお前に報酬はなしだ」

「え？」

いきなりそう言われてリーツは驚く。必要なものとはいえ、勝手に買って報酬から引かれるとは思っていなかった。

「何驚いてんだ。当たり前だ。タダじゃねぇんだぞ」

有無を言わせない感じだった。

リーツとしては、驚きはしたが、反抗する気はなかった。必要な物なので仕方ない。むしろ、装備を買った代金の分働いたあとは、普通に報酬をもらえるというのは、ありがたかった。

奴隷だったときは報酬金などという概念は存在しなかった。ただ、主人の命令にしたがうだけであった。

「お前はまだガキだから、これから背も伸びるだろうから、その度に買い替える必要がある。まあ、しばらくはまともに報酬は貰《もら》えないと思っておけ。働きまくったら別だがな」

リーツが貰えるだけマシと思っていたら、貰えなそうだとバロックが言ってきた。

確かに成長すると、今ぴったりの鎧は着られなくなる。頻繁に買い替えるとなると、確かに報酬など全て装備代に消えていきそうである。

どのみち奴隷時代と変わらない生活になりそうだと、リーツは少しガッカリとした気持ちになった。

そして、翌日。

遂に、初陣の日を迎えた。

◯

初陣の日。

傭兵団はバロックを先頭に移動を始め、レッドルート領主の軍と合流した。

レッドルート領主軍は、数があまり多くなく、傭兵団フラッドよりちょっとだけ多い程度しかいなかった。

兵の質も装備を見る限りは、あまり高くなさそうである。

「確かにこいつらじゃあ、野盗を退治するのは無理だろうな」

バロックがボソッと呟くのを、リーツは耳にした。

レッドルート領主軍を率いるのは、領主ではなく、家臣の男であった。

筋骨隆々で、武勇に優れていそうな見た目をしている。

名前はオードバルというらしく、彼の名は傭兵団の中でも知っているものが何人かいた。

それなりに名の通った人物のようだ。

「よし！　これから街道の平和を乱す、ゴミどもを成敗しに行く！　俺の後に続け！」

オードバルが、隣の街まで聞こえるんじゃないかというくらい、大きな声を張り上げた。

兵士たちも装備はともかく、やる気はあるようで、

「オオォ――――!!」

とオードバルの声に反応した。

その後、軍が動き始める。

傭兵団フラッドは、レッドルート軍の後ろに付く形で、移動をしていた。

向かうは、野盗たちのアジトである。

レッドルート領主は、野盗たちのアジトはすでに調べ終えており、場所は街から数キロ離れた、砦《とりで》あとであった。

大昔、戦があった時、臨時で造られた砦がレッドルート付近にある。戦中では、活躍したようだ

が、平和になった際、砦の必要性がなくなり、放置されていた。

その砦に、野盗たちは住んでいるようだった。

捨てられた砦なので、本来ボロボロで防御機能などなくなっているが、野盗たちに建築にそれなりに詳しい者でもいたのか、砦はある程度改修されており、かなり攻めにくくなっている。

野盗の数もかなり多い上、ある程度戦い慣れしている。

敵は触媒機を持っている可能性もある。そうなると、魔法が飛び交う戦場になる可能性があった。

兵たちは軍を進め、野盗たちが占拠した砦の近くまで到達した。

オードバルは、武勇は高そうだが、それほど戦略を立てたりするタイプではないようで、自ら先頭に立ち、兵を率いて砦に攻め込んでいった。

「マジかあいつ」

と、無策で突撃をするオードバルを見て、バロックがつぶやいた。

彼も、この展開は考えていなかったようだ。

罠《わな》などが仕掛けてある可能性も、決して低くはない。よほど戦力差がある状態ならまだしも、自分もそれほど兵の数は多くない。無策で突撃するのは無謀に思えた。

バロックはどうするか少し考えていた。

しかし、彼も特別知略に優れているわけではなかったようで、効果的な策は結局考えきれず、

「仕方ねぇ、俺たちも突撃するぞ！」

このまま、乗り遅れてしまっては、仮に勝った時、報酬がもらえなくなってしまう。それはバロックは避けたかった。

オードバルたちの後に続いて、砦に乗り込む。

先に突入した兵たちが、砦に梯子《はしご》をかけていたので、それを登る。

砦に近づき、戦況を確認すると、案外劣勢とはなっていなかった。

どうやら、敵の見張り兵が、仕事をサボっていたのか理由は不明であるが、レッドルート軍の接近に、全く気づいていなかったようで、完全に不意をついた形になっていた。

砦には簡単に侵入できたし、野盗たちも奇襲への対処で、統率の取れた行動は全く取れていない。

「今回はどうやらついてたようだな、俺たちは」

ニヤリと笑いながら、バロックはそう言った。

勝ち馬に乗るのは、傭兵としてはラッキーな事である。

団員を失う危険が少ない上に、相手を好きに蹂躙《じゅうりん》して手柄も多く立てられるので、報酬も増える。

さらに今回は相手の砦を攻めているので、宝などがあればこっそり略奪することもできる。

獲得した物は、レッドルート軍に所属する兵は、オードバルに渡さないといけないのだが、傭兵団は自分のものにしても、問題はない。

はっきり言って、今回は美味しい仕事であった。

戦勝ムードでレッドルート兵も、フラッドの団員たちも、かなり高揚しながら戦っているが、リーツだけは緊張して高揚はしていなかった。

初陣なので当然と言える。

人の悲鳴や、雄叫び、独特の匂い、次々に人が殺されていく光景、全てが初めて経験することであった。

逃げようとする敵がリーツの前にやってきた。

相手は剣を構えている。

容赦などしないという感じで、剣を振ってきた。

リーツはその攻撃をあっさりとかわした。

内心、緊張はしているが、その動きは非常に滑らかだった。側から見れば、緊張しているようには見えないだろう。

リーツは緊張はしても、自分の行動に影響が出るほどの緊張はしないタイプだった。

逆に良い緊張感が、自身の集中力を高めてくれていた。

敵の動きがよく見え、そして、自分が次にどう行動しないといけないのかが、すぐに分かった。

敵が剣をもう一度振ってきたので、僅かに後退して剣をかわす。

そして、手に持っていた片手剣で、相手の首を斬りつけた。

躊躇《ちゅうちょ》はなかった。

罪悪感はゼロではないが、過度には感じていない。戦場で情けをかけるわけにはいかない。

敵から血飛沫《しぶき》が上がり倒れる。その光景を見て、何も思わなかったわけではないが、それでもリーツの行動は良くも悪くも変わらなかった。

大きく動じる事なく、次の敵を斬る。戦場で生き残るため、そして、自分の価値をバロックに証明するため、躊躇なく敵を斬り続けた。

リーツは驚異的な速度で、戦場に慣れていった。

今では動じずに敵を斬り捨てているバロックやそのほかの傭兵団員も、初陣は怯《おび》えて、戦場に慣れるまで、何回か戦に出る必要があった。

だが、リーツは一度で慣れていた。

剣術の才能そのものも高ければ、戦場で己の能力を発揮する才能も持っていた。

野盗の討伐は、優勢のまま進む。

相手は逃げ出そうとしていたが、野盗を逃すと当然逃げた先で、悪さを働く可能性がある。

白旗を挙げているからと言って、容赦はしてはならない。

「一人たりとも逃すな！　全員殺せ！」

オードバルの指示が響く。

リーツは高い身体能力で、逃げ出す野盗たちを追い続ける。

リーツが追いかけている野盗は、明らかにリーツより足が遅かった。

逃げきれないと察した野盗は、応戦する構えを見せる。

しかし、あまり強い相手ではなく、数回斬り合って、剣を手から落としてしまった。

その後、尻餅をつき、

「た、助けてくれ……」

と涙目で命乞いをしてきた。

可哀想なぐらい、震えて泣いていたので、流石に殺すことをリーツは戸惑った。

（一人くらい見逃しても……）

そう思って、背を向けて歩き出すと、見逃した野盗が懐からナイフを抜き、斬りかかってきた。

急いで対応しようとしたが、間に合わない、斬られる！　と思った時、何かが飛んできて、野盗の頭に直撃。野盗はそのまま、後ろに倒れた。

確認すると、クロスボウの矢が、額に突き刺さっている。

「初陣にしちゃ上出来すぎると思っていたが、甘いところもあったみたいだな」

バロックだった。クロスボウを担いで、リーツの元に歩いてきている。

「お前は使えそうだから、今回は助けてやったが、次はこういう失敗はするんじゃねぇぞ」

相変わらず冷淡な口調で、そう言った。

「戦場にいる奴は、全員、敵を殺す方法だけを考えている。お前もそれ以外の余計なことは考えるな。覚えておけ」

その言葉を、戦場にいる心構えとして、生涯胸に刻みつけることになった。

○

野盗討伐戦は、一方的な勝利に終わった。

敵の残党もある程度討ち取った。

オードバルが「私の指揮のおかげだ！」と謳《うた》っていたが、バロックは「偶然だあんなもん。指揮とは言わねぇ」と冷ややかな口調で呟いていた。

数人は野盗たちを逃してしまっており、もっと包囲などをしつつ、戦略的に戦を行っていれば、野盗たちを一人残らず仕留められたかもしれない。そう考えると、味方に大きな被害を出さずに勝利できたとはいえ、手放しに褒められる成果ではなかった。

バロックたちは、討ち取った敵の数を報告し、報酬を貰いにいった。

かなりの数、敵を討ち取ったので、報酬も多くなると思っていたが、オードバル側は、あくまで敵を崩して討ち取り易くしたのは、自分たちの功績であると主張し、報酬の減額を要求してきた。

これにはバロックも怒り、最初の話と違うと対立したが、オードバルは譲らず、あまり派手に楯《たて》突《つ》いては、最終的に損をするのは、傭兵団の方なので、結局折れることになった。

減らされたとはいえ、大金ではあったので、今回の楽な戦の報酬としては、多い方だった。

最初は怒っていたバロックも、金額を見て「まあいいか」と、徐々に怒りを鎮めていった。

報酬を貰った、当日の夜。

傭兵団は団員たち全員で、酒場に入り、どんちゃん騒ぎをしていた。

大金が入ったので、酒を飲み放題、うまい料理食い放題とあって、全員騒ぎに騒いでいた。

「いやー、しかし、リーツは使えるな」

「マルカ人なんて、劣った奴らだと思っていたが、中には強い奴もいるもんだな」

団員たちの話題はリーツに移った。

マルカ人のそれも子供であるリーツは、使い物にならず、すぐ死ぬだろうと団員たちは思っていたが、戦いぶりを見て、これは長いこと傭兵団員として活躍しそうだと、確信を得ていた。

強い者が団員に多いのは、傭兵団としては歓迎すべきことだ。

戦果を上げやすくなるうえに、自分が死ぬ確率も下がる。

マルカ人自体への差別意識を持つ者も多いが、戦場で使えるとなると、話は別である。

「さあ食え新入り！」

生まれて初めて歓迎を受けたリーツは、少し戸惑っていた。

生まれは奴隷で、人間以下の扱いをずっと受けてきた。

マルカ人は人間でないとずっと言われてきていたので、傭兵団でもそうなると思っていたため、予想外の事であった。

振る舞われた料理をリーツは、存分に食べた。

食事が終わると、傭兵団の男たちは、リーツを置いてどこか別の場所に向かって行った。お前にはまだ早いと言われる。何の事かその時のリーツは全く分からなかったが、のちに娼館《しょうかん》に行っていたのだと知った。

リーツは、気になりながらも、その日は疲れていたので、宿屋の布団で一人で寝た。

○

それから、何度も傭兵団は各地を転々としながら戦い続けた。

リーツが入団した当初は、レッドルートにいたのだが、レッドルートにいたのは遠征に出ていただけで、傭兵団フラッドの本拠地はミーシアン州にあった。

雇われればサイツ州のレッドルートにも行くのだが、基本はミーシアン州の中で戦っていた。

リーツは二度目三度目の戦でも、活躍をする。報酬のほとんどは、武具の支払いに充てられたが、少額であるが、それ以外にも使える報酬を貰うことが出来た。

金の使い道を決めかねていたので、とりあえず取っておくことにした。

何十回と戦をしているうちに、気付けば傭兵団に買われてから、一年が経過していた。

この一年で、リーツは戦にも随分なれた。

戦って戦って、心身ともに疲れ始めていたが、それでも生きるため、必死に戦場で剣を振り続けた。

その頃から徐々にミーシアン州内の治安が悪化していった。

元々、貧しかった人々は、さらに貧しくなり、町も荒れ果てていた。

それとは対照的に、傭兵団は仕事が増えて、懐が温かくなっていっていた。

徐々に世の中が乱れ始め、内戦がおこることが増えて治安が悪化し、平民たちは徐々に貧しくなる。逆に戦が増えたことにより傭兵団は、報酬のいい仕事をたくさん貰える。

一般人の不幸は、傭兵の幸福となるような状況になっていた。

リーツとしては、その状況が何か納得できないような気がしていた。本当にこのままでいいのかと、悩んだが、答えは出なかった。

居場所のないリーツは傭兵団をやめるわけにはいかない。

誰かの不幸になろうとも、自分のためには戦い続けるしかなかった。


ミーシアン州のとある町。

リーツが、町中を歩いていると、傭兵団フラッドの団員たち三人が、娘に、何やら言い寄っている様子が見えた。

娘は、みすぼらしい装いをしており、恐らく貧民だろう。

顔は非常に整っており、美少女と言ってよかった。

娘は何やら怖がっているような表情を浮かべており、団員たちはゲスい笑みを浮かべている。

傍から見ていて、楽しいことをしているようにはとても見えなかった。

団員の一人が娘の胸に手を伸ばした。

「やめてください!!」

と娘は、団員の手を払いのける。

「何だ？　抵抗すんのか？　ハッハッ、まあ俺は無理やりやっても構わねぇがな」

そう言って、団員たちは娘を取り押さえ、連れ去ろうとする。

ジタバタと娘は抵抗するが、お構いなしだ。

周囲に町民はいるのだが、全員見ない振りをしている。

傭兵団フラッドはこの町の領主とは何度か一緒に戦ったことがあり、そこで戦果を挙げてきたため、高い評価を受けていた。そのため、多少の悪事は見逃され、住民たちも下手にたてついたら、痛い目に遭いそうだというのは分かっていたため、誰も文句をいう事は出来なくなっていた。

リーツは止めなければと思い、団員たちの前に出る。

「やめろお前ら」

「あ？　何だリーツか。やめろってどういうことだ。この女は俺たちが見つけたから、俺たちのもんだぞ」

「それとも、お前も混ざりたいのか？　まだ早くねぇか？」

「初体験はプロに相手してもらったほうが、やりやすいぞ、ハハハ」

傭兵たちは笑い始める。リーツは三人のその態度に、いら立ちを覚える。

「そうじゃない。その子、嫌がっているからやめとけって言ったんだ」

「何だそりゃ。正義の味方か？　英雄になりたい年頃か？」

「ハハハ、俺たちもそんな頃があったなぁ」

「茶化すな！　良いからその子は置いて行くんだ。恥ずかしくないのかお前らは、寄ってたかって女の子をいじめて！」

「そう怒るなよ。別にとって食おうっていうわけじゃない。ちょっと気持ちいい事するだけさ。そのくらい問題ないだろ」

「問題だらけだ。見過ごすわけにはいかない」

リーツの頑なな態度に、茶化していた傭兵たちも、少しずつ苛立ち始めていた。

「はぁー、面倒だな。いいか、こんな女、俺たちにやられなくても、そのうち似たような目にあう。遅いか早いかの違いだ」

「そ、そんなことなんで言い切れるんだ」

「面《つら》が良いからだ。その上、取って食っても誰も文句は言わないような、貧乏人だ。放っておかれるわけねぇな。最後は人攫《ひとさら》いに捕まって、どっかの貴族の変態に売られるのがオチだ」

「そんなことないし、仮にそうだとしても、見逃す理由にはならない」

「頑固だなてめーは。もう話すのめんどくせー。行くぞお前ら」

娘を連れたまま、団員たちはリーツの下から去ろうとする。

「おい！　待て！」

リーツの言葉はまるで聞こえないように、無視して進んでいく。

三人のその態度を見て、リーツは最終手段に出た。

剣を抜き、三人の前に立ち塞がった。

「お、おい、マジか。てめー一応うちにも最低限の団規があるってこと、忘れてねぇだろーな」

「仲間同士の私闘は禁止だぜ。追い出されたいのか」

傭兵団には、細かい規則はないことが多いが、それでもいくつかある。

傭兵団フラッドでは、団員同士の私闘は禁止だ。揉《も》めた場合は、団長に報告しないといけない。

仮に規則を破った場合、仕掛けた方は傭兵団から追放される事もある。

ほかにも仲間に対する犯罪行為は禁止されている。また、団長が手を出してはいけないと決めた相手に、喧嘩《けんか》を売りに行ったりすることも禁止だ。

ちなみに、町に住んでいる貧民に対して、何かするのは今は禁止されていない。

勝手にすれば良いというスタンスだった。

「私闘は確かに禁止だが、正当な理由があれば、仕掛けた方も追放はされず、手打ちになる事もある」

相手に侮辱されたり、大事なものを盗まれたり、壊されたり、手を出しても仕方ないなと、団長のバロックを納得させるだけの理由があれば、先に手を出した方が許される事もある。

「正当な理由？　この娘を助けるのがか？　馬鹿も休み休み言えや」

あくまで許されるかどうかは、バロックの判断次第。

傭兵団フラッドは、町民への暴力行為を別に禁止していない。あまりやり過ぎなければ、問題ないとバロック自身が言っている。

彼の言葉は、傭兵団フラッドのルール上は正しかった。

それでもリーツは引こうとは思わない。

「どうしても引く気はねぇのか」

「ない」

「三対一だぞ？」

「だからどうした」

「ちっ」

リーツの自信に満ちた言葉に、団員は舌打ちをした。

今のリーツの実力は、はっきり言って頭抜けていた。

この三人は傭兵団の中でも、特別強い方ではない。三人でかかっても負ける可能性があった。

リーツは明らかに、頭に血が上っている。合理的な判断は出来ていないようだ。

戦うと、大怪我をさせられるか、下手をしたら殺される可能性もある。

嫌な予感を感じた男たちは、娘を解放した。

「ふん、馬鹿めが。俺たちに剣を抜いたことは、団長に報告するからな」

そう言って、三人は立ち去っていった。

何とか助けられた。リーツは、団員たちに解放された後、座り込んでいる娘に声をかける。

「大丈夫ですか？」

娘はリーツの手を取ろうとして、引っ込めた。手を取らず、無言で立ち上がって、去っていった。

立ち去る前、娘がリーツに向けた表情は、間違いなく侮蔑の色が混じっていた。

「……………」

呆気《あっけ》に取られた表情で、リーツは立ち去った娘を見送る。

自分がマルカ人で、毛嫌いされている存在であることを、その時、痛感した。

傭兵団は実力さえあれば、人種などどうでも良いと思っているが、一般人には間違いなく差別意識があるようだ。

助けられた相手ですら侮蔑する、明確な差別意識が。

別にお礼を言われたくて、助けたわけではない。

それでも、リーツの心に消え難い傷がその時出来ていた。

○

「で？　どう申し開きする気だ？」

傭兵団の滞在拠点に戻ると、バロックにリーツは呼び出された。

用件は先ほど団員に剣を向けた件である。危害を加えていないとは言え、仲間に剣を抜いて敵意を見せるのは、違反行為であることは間違いない。

「奴らの卑劣な行為を止めただけだ」

「それは正当な理由か？」

リーツは真剣な表情で頷《うなず》く。

「俺はその辺にいる小汚ねぇ小娘をどうこうするなんて、馬鹿な真似だと思うが、別に禁じるほどのことじゃない。小娘に何をしたところで、何のデメリットも発生しねぇからな」

「僕は止めないといけないと思ったんだ！」

「ここじゃ俺の意思がルールだ。お前がどう思おうが関係ない」

冷たい表情でそう言い切られる。リーツは抗議するように、バロックを睨《にら》み続けた。

「いいか、俺たちは正義の味方じゃない」

「…………」

「悪党を懲らしめるのが俺たちの仕事じゃない。戦で相手を殺しまくるのが俺たちの仕事だ。正義の味方になりたきゃ、傭兵団じゃなく、どっかの善良な領主様に仕官すればいい」

領主への仕官。

それが絶対に無理であることは、リーツは知っていた。

「マルカ人のお前じゃ無理だろうがな」

リーツは、言い返せなかった。

どれだけ実力を磨こうと、高貴な身分の者に、自分が見出されるなどあり得ない夢物語だったからだ。

「お前は強い。頭も悪くない。だが、マルカ人のお前を雇うような酔狂な貴族は、どこにもいないだろう。お前は傭兵以外にはなれない」

　バロックはリーツに現実を突きつけてきた。仲間達の行いが気に食わなくても、自分の居場所はここにしかないと痛感させられた。

「今回は別に怪我をさせてないってことで、許してやろう。お前を買うのに払った金も惜しいしな。だが、次はないと思え。それから、あいつらには謝っておけ」

　悪事を行なった者たちに、謝れとバロックは要求してきた。

　リーツは当然納得していなかった。しかし、ここを追い出されて、自分は生きていけない。

　マルカ人への差別意識は、先ほど助けた娘に痛感させられた。

　気に入らなくても、ここにいるしかないのだ。

　リーツは自分の主張が通ることは絶対にないと悟り、プライドを折り曲げて、リーツは団員たちに謝罪をしにいった。


　団長室から去るリーツを、バロックは忌々しい表情で見つめながら、呟く。

「ムカつく野郎だ。まるで昔の自分のようだ」

　バロックは、遠い昔の自分の姿を思い出していた。

　彼にとってそれは忌々しい記憶であった。

「まあ、だが、奴は今回の件で折れるだろう。そんな目をしてた」

　謝罪を命じた時のリーツの表情を見て、折れるだろうと確信を得ていた。

「……ふん、クソッタレが」

バロックの顔に刻まれた傷が疼《うず》いた。

謝罪をしたその日から、リーツは団員が何をしようと、咎《とが》めることはしなくなった。

どんな悪事を団員が働いていても見逃した。

自分から悪事を働くことはなくとも、人の悪事を見逃す自分は、同罪だと思ったが、彼らを咎める勇気がなかった。

自分の居場所を壊してでも、自分の気に入らない生き方をやめる勇気が、リーツにはなかった。

戦場にいる時だけ、全てを忘れられた。

人を殺すことだけ考えろ。バロックの言葉だけを反芻《はんすう》し、とにかく敵兵を斬って斬って斬りまくった。

◯

さらに一年が経過。

リーツが傭兵団に入ってから、二年と半年ほどが経過した。

まだまだ、年齢は若いが、実力的には傭兵団の中でも最強クラスになっていた。

傭兵団も以前より名声が上がり、成長し、団員も増え始めた。

ただ、まだまだ、大規模な戦争には参加しておらず、野盗狩りの手伝いみたいな依頼がほとんどなので、ミーシアン内で有名な傭兵団とはなっていなかった。

リーツの実力は成長していたが、本当にこのまま傭兵団として、戦い続けていいのか疑問は常に持っていた。

（馬鹿らしい疑問だ……良いのか悪いのかじゃない……このまま傭兵団でいるしかないんだ）

何度考えても、その結論しか出なかった。自分には傭兵団フラッド以外に行く場所はない。それは紛れもない事実だった。

（だが、何か嫌な予感もする。最近バロックは、傭兵団の名声が高まらなくて焦っているみたいだし……）

傭兵団にとって、名声は物凄く大事なものだ。

有名な傭兵団の方が、当たり前であるが仕事が貰いやすくなる。

傭兵団フラッドは、実力も確かにあるし、実績も積んできた。

しかし、大きなインパクトを残す戦功を中々挙げられていないので、いまいち名声の上昇に繋《つな》がっていなかった。

バロックは自分たちなら、もっとでかい戦場ででかい仕事が出来ると、豪語していたが、名声がないので野盗狩りか、小規模な貴族の小競り合いか程度にしか呼ばれなかった。

そんな仕事でも、そこそこ報酬は貰えるので、食べるのには困っていないが、決して裕福であるとは言えない。

リーツの目には、バロックは現状に満足しておらず、早くいい仕事が来いと、焦っているように見えた。

ある日、バロックが団員に召集をかけた。

リーツは今までの経験から、仕事が決まったのか、と推測した。いきなりの招集をする時は、バロックは大体仕事の話をしてくる。

集合場所に向かうと、バロックは開口一番、

「仕事が決まった」

機嫌が良さそうな表情でそう言った。

仕事が決まったという事は予想通りだったが、バロックの表情は予想外だった。

大体、いつも不機嫌そうな顔なのだが、今回は明らかに機嫌が良さそうだ。

「今回はかなりでかい仕事だ。ようやくチャンスが巡ってきたぜ」

デカい仕事と聞いて、機嫌がいい理由を理解した。

バロックは常日頃から、もっとデカい仕事が入らないかと、願っていたが、どうやらそれが叶《かな》ったようだ。上機嫌にもなるだろう。

「辺境にあるウプスナ郡で、小領主が反乱を起こしたらしい。それの討伐に呼ばれた」

辺境のウプスナ郡は、ミーシアン北東の端の方にある、小さめの郡である。

リーツは内容を聞く限り、そこまで大きな仕事か？　と疑問を持った。小領の領主となると、動

員できる兵力はそこまで多くはない。

　あまり大規模な戦になるとは、思えなかった。

　リーツと同じ疑問を持った団員がいたようで、遠慮なくバロックに「それのどこがデカい仕事なんだよ」と不満を口にする。

　その言葉に、バロックは反論した。

「確かに小領主の戦だが、その領主は金をかなり貯めていたようで、規模の大きな傭兵団を雇い、中々の兵力になっているようだ。現状ウプスナ郡長の持つ兵力と、互角近いらしい。ウプスナ郡の郡長は、領地内のゴタゴタを解決するのに、ほかの領主の力を借りたくないと思っているようで、それでフラッドに声がかかった」

　郡長と互角くらいの兵力となると、相当な兵数がいそうである。

　それでもデカい仕事と言えるかは分からないが、今までやってきた野盗退治よりかは、間違いなく大きな戦になるだろう。

「この戦で、大物の首を取れれば、俺たちの名も一気に上がる。報酬も今までで一番多い。お前ら、気合を入れろ‼」

　傭兵団員たちは、バロックの声に合わせて「おおお‼」と叫んだ。

　それを見たリーツは、何だか嫌な予感を感じた。

　この戦に大きな落とし穴があるような、そんな気がした。

○

それから数週間かけて、傭兵団フラッドはウプスナ郡まで移動した。

リーツは悪い予感を感じたが、団員たちがここまでやる気になっている中、確たる証拠もなく水を差すようなことは言えず、悪い予感は気のせいだと思う事にした。

ウプスナ郡の中心都市ウプスナに、傭兵団フラッドは到着した。

あまり金を持っている領主がいる都市という感じではない。

城は古びており、街の様子もあまり活気がない。商業的に潤っていないだろうと、すぐに予想することができた。

金を持っていれば、フラッドのような、名前の知れていない傭兵団を雇うことはないだろうから、金を持っていないのも当然かも知れない。

傭兵団フラッドはウプスナ郡の郡長、テレンス・プラントリーに会う事になった。

テレンスは太っている中年の領主であった。

自分で戦ったりは出来なそうな風貌である。領地の経済状況が悪そうな割に、身なりはかなり良い。無駄な消費をしているように、リーツの目には映った。

「よく来てくれた傭兵団フラッド。中々強者がいるよう……む？　なんだあれはマルカ人ではないか」

テレンスは侮蔑を含んだ表情で、リーツを見る。

「あいつはああ見えて結構腕が立つんでさぁ。見逃してやってくれませんかね」

「ふん、まあいいが。状況は差し迫っているから、まずはそれを説明する」

テレンスは部下に周辺の地図を用意させた。会っていきなり軍議みたいな事をするようだ。

「今の戦況はあまりよくない。反乱は突発的に起き、こちらが準備を固める前に動かれて、要所をいくつか落とされてしまった。このまま調子に乗らせるわけにはいかない。敵は次にバズル砦を狙ってくる。この砦を今は何とか死守せねばならん」

防衛戦をするという経験はなかったので、やる事になればこれが初めてになるだろう。

しかし、想像以上にまずい状況になっているとリーツは思った。

ほかの領主に借りを作りたくないから、救援を呼ばないらしいが、そんな事言っている場合なのだろうかと、テレンスの行動に疑問を持った。

バロックはもちろん余計なアドバイスなどはせず、引き受けた。

「一番戦功を挙げた傭兵団には、これだけ報酬を与える事にする」

と金貨がぎっしりつまった袋を、テレンスは出してきた。

金がなさそうな割には、大盤振る舞いなくらいの金貨の量だった。それだけ追い詰められているという事だろう。

傭兵団員たちは、その金貨を見て目の色を変えてはしゃいでいた。

バロックは比較的冷静だった。

あくまで欲しいのは金ではなく、名声だからだろう。

士気も高まった傭兵団フラッドは、フラッド以外の傭兵団やウプスナ軍と共に、バズル砦に向かった。

○

バズル砦に傭兵団フラッドは入った。

かなり重要な砦である、バズル砦は、堅牢《けんろう》な造りになっているが、造られた時代が古く、改修もなされていないので、今の魔法が飛び交う戦で、どれほど機能するかは、不明であった。

フラッドが砦に入って数日後、敵兵が攻めてきていた。

今回反乱を起こしたのは、ルダッソ家という、古い家柄の家であった。

昔からあまり評判が良くない家のようで、最近世の中が乱れ始めてきて、裏で色々画策するようになったという。

郡長であるプラントリー家を害する計画を立てていたようであるが、それを完全に見破られ、処罰されそうになったところを最後の手段という感じで、反乱を起こしているようだ。

仮に反乱に成功してプラントリー家を打倒できても、最終的にミーシアン総督家などに倒される運命にあると分かってはいるだろうが、黙ってやられる気もないのだろう。

敵はとにかく必死に砦に攻めてきていた。かなり士気は高い。

その上、軍隊を統率している者が有能なのか、中々厄介な相手であった。

一方プラントリー家も、戦の指示は的確だった。

きちんとした指揮をする者がいて、さらに兵の数もそれなりに多い。

今まで相手はほぼ野盗だったリーツにとって、本格的な戦はこれが初めての経験だった。

どれだけ戦の内容が変わっても、リーツの仕事は変わらない。

迫り来る敵兵を斬る。それだけだ。

砦に侵入を図ろうとする敵兵を斬って斬って斬りまくった。

傭兵団フラッドの団員は、リーツ以外も全員いつもより気合が入っており、大活躍していた。

中でも一番活躍していたのは、団長のバロックだった。

いつもはどこかやる気なさげに戦っていたが、今日のバロックは鬼神のような戦いぶりだった。

リーツはバロックが本気で戦ったところを、今まで見たことがなかったので、こんなに強かったのかと唖然《あぜん》としていた。

「すげーなあいつら……なんて奴らだ」

「フラッドっていう傭兵団だ」

「フラッド？　初めて聞いたな？」

「あの団長のやつがやべぇ。あんな強いやつが今まで無名だったのか」

「あのマルカ人もやたら強えな。劣等人種じゃなかったのか」

フラッドの働きを見て、プラントリー家に仕える兵士たちは、驚きを隠せない様子だった。

フラッドの活躍もあり、戦況は優位に進んでいった。

敵兵は最初は士気も高く、絶対に落としてやるという感じで、攻めてきていたが、仲間が減ってきたのに、全く砦を落とせそうにないとなってくると、当然のように士気はどんどん落ちていく。

敵の指揮官は、これは砦を取ることは不可能だと判断し、撤退を開始した。

「敵軍撤退を開始!!　我が軍の大勝利です!!」

今回は砦の防衛が目的だったので、敵が撤退を開始した時点で、勝利は確定していた。味方から
「おお――!!」と歓声が上がる。

「テレンス様、敵を追撃すべきだと思います」

バロックが勝利に沸き立つ空気の中で、そう提案した。

「追撃か。確かにここで決まれば、大きいだろうが、我が軍も疲れておる。お主達もよく戦ってくれたし、ここは休もうではないか」

「今回の戦に勝利するだけでは、まだまだ敵軍を折ることは出来ないでしょう。追撃を成功させ、一気に兵を減らせれば、一気に戦は有利になる」

「一理あるが……先ほども言ったように、何日も戦って兵達は疲れておるしな……」

バロックの提案を受けようとしない、テレンス。

「では、我々フラッドだけで、追撃します」

「何？　敵軍は敗退しているとはいえ、まだまだ多いのだぞ。フラッドは勇猛な者が多いが、それでも危険だ」

「確かに敵は多いですが、士気が折れて逃げ帰っている軍隊など、烏合《うごう》の衆です。やられることな

どあり得ません」

自信満々に断言するバロックを見て、リーツは動揺する。

明らかにリスクが高い。確かに成功すれば、さらに戦功を得られ、名声も高まるだろう。

しかし、現時点でかなりの活躍をしており、すでに戦功は認められている。

明らかに欲張りすぎな行動だと、リーツは思った。

ただ、不安視していたのは、リーツだけだったようだ。

ほかの団員達は明らかに浮かれていた。

「そうだ！　俺たちならもっと敵を殺せる！」

「黙って逃がしてどうすんだ！」

と失敗するビジョンなど、まるで見えていない様だった。

この状態でやめてくれと説得するのは、今のリーツの立場では難しかった。

テレンスが絶対にやめろと言ったら、バロックも従わざるを得ないので、リーツはそれを期待したが、

「そこまで言うのなら追撃を頼んだ！」

その期待は見事に外れた。

結局、傭兵団は敵兵の追撃をする事になった。

追撃時の傭兵団フラッドは、リーツ以外の全員熱に浮かされるように、進軍をしていった。

怖いもの知らずという感じだ。

（バロックはもっと冷静な男だと思っていたのに……何でそこまで戦功を得たいんだろう？）

戦功を得て知名度を上げれば、もっと実入りの良い仕事にありつけて、その分贅沢《ぜいたく》もできる。

しかし、今でもそれなりに報酬は貰っているし、生活も出来てある程度贅沢も出来てはいる。

そもそもバロックは、あまり余分な金を使うタイプの男ではない。

娼館で女を抱くこともなければ、暴飲暴食をするわけでもない。

武器や防具などの整備は怠らないので、全く金を使わないわけではないだろうが、金に困っているようには見えなかった。

（お金以外なら……何が欲しいんだ？）

傭兵は金のために戦っている。ほかに求めるものというと、思いつかなかった。

フラッドはバロックの指揮のもと、意気揚々と進軍を続けた。

そして、逃げる敵軍の背中を捉えることができた。

それを見た時、嫌な予感を感じた。

あまりにも無警戒すぎた。

フラッドの接近など、全く気づいていないような感じで進軍している。

相手が無能ならば、ここまで無防備になるのも頷けるのだが、これまでの戦いぶりから考えて決して無能ではない。

まだ戦での戦術の理解が浅いリーツは、嫌な予感を感じても、具体的に何をしようとしているのかは、分からなかった。

バロックは好機と見るや否や、兵達を突撃させた。

すると、敵軍はクルリと急に反転する。

こちらの動きを読んでいたという、動きだった。

不意をつかれたが、躊躇《ためら》わず突撃を続ける。

すると、どこから出てきたのか、両側から小型の触媒機を持った魔法兵が顔を出した。

ちょうど道の両側は、緩やかな丘となっており、伏兵を配置するのには、絶好の立地となっていた。


「魔法兵だと⁉　引け‼」


バロックが慌てて指示を出す。

しかし、時すでに遅し。

両方から炎属性の魔法攻撃を浴びせられる。

たくさんの火の弾が、フラッドに打ち込まれていた。

相手の魔法兵は特別質は高くないが、フラッドのように魔法兵がおらず防御の手段を持っていない傭兵団には、効果は抜群だった。

傭兵団員は次々に焼かれていく。

リーツは何とか炎を避けていた。

避けていたというより、奇跡的に外れていたという感じだった。

「ぐぁ……」

リーツの目に、足を撃ち抜かれ、歩けなくなったバロックの姿が映る。

このまま放っておけば確実に死ぬだろう。

一人で逃げるほうが、生き残る確率は上がる。

しかし、リーツはバロックを助けるということを選択した。

不本意なところもあるが、リーツに居場所を与えてくれたバロックは、恩人であった。

何とか炎の弾を掻《か》い潜り、バロックに接近。

そして、彼を背負い全力で逃げ出した。

火事場の馬鹿力が出たという感じで、大の大人を背負っているというのに、信じられない速度で走ることができた。

何とか、炎が飛び交う戦場から離脱することができた。

○

時間が経過し夜になる。

流石に火事場の馬鹿力も切れて、疲れたリーツは水場の近くまで行く。

バロックの足はひどい状態だった。

足以外も全身に火傷を負っており、分かりやすいくらい衰弱していた。

水場を見つけられたので、まだ何とか生きているが、いつ死んでもおかしくないという状態だった。

「なぜ俺を見捨てなかった？」

かろうじて意識を残しているバロックが、リーツにそう質問した。

「バロックには恩がある。見捨てられないよ」

「恩？　お前に恩を着せた覚えはねぇな。奴隷を買って、使えそうだったから使った。それだけだ」

「それは分かってる。僕が個人的に恩を感じているだけだ」

「……ふん」

バロックは気に食わなそうに、鼻を鳴らした。

「まあ、ただお前の行動は全て無駄に終わる。俺はもう長くねーだろう」

「な、何でそんなこと言うんだ」

「自分の体は自分が一番わかる。今の俺を治療するには、さっさと砦に戻らないといけないが、歩けない俺を運びながらだと、最低三日はかかる。奇跡が起きたとしても、そこまでは絶対にもたん」

自分の死を語っているというのに、バロックは堂々としていた。死に対する恐怖など、微塵《みじん》も感じていなそうな様子だった。

「あの状況だと、死ぬのは俺だけじゃなく、相当な数になりそうだな。八割くらいは死ぬか。フラッドはここでお終いだな」

「な、何でそんな他人事みたいに話せるんだ。死ぬかもしれないんだぞ」

「傭兵が死を前にして、泣き喚《わめ》けと？　そんなみっともない真似は出来ねーな。そういうのは、今まで大した危険もなく生きてきた、貴族とか商人とかがすることだ」

バロックは堂々と言い放つ。とても自分がこれから死ぬと確信している男の口調とは思えなかった。

「しかし、今回はミスっちまったな。欲をかいてもいいことがないとはわかってたがな……ハ……ハハ……」

力のない声で、バロックは笑う。

バロックの言葉通り、もう先は長くなさそうだと、リーツはその様子を見て悟った。

「リーツ、俺はなぁ。昔はお前と同じ奴隷だった」

「え？」

初耳だったので、リーツは驚いた。

「お前と違うのは俺は自力で奴隷を脱したってところだな。隙をついて鍵を盗んで、枷《かせ》を外して逃げた」

唖然とするリーツを無視して、バロックは話し続ける。

「俺はなぁ。傭兵なんぞよりもっとまともな生き方がしたかった。だがまあ、元奴隷で知識も何もなかった俺は、傭兵になるしかなかった。

傭兵ははっきり言って、俺には向いていなかった。人を殺して金を稼ぐということも、仲間だからといって悪事を見逃すことも、俺には苦痛だった。我慢して我慢して生き続けたら、そのうち何も感じなくなった。慣れたんじゃない。心がぶっ壊れたんだ」

バロックの語る過去の話は、リーツがこれまで持っていた、バロックのイメージを壊していった。

全て意外すぎると言っていい内容だった。

「そんな俺だが一欠片くらい、人並みの願いは持っていてな。貴族になりたかったんだ。傭兵団として活躍をして名声を上げれば、もしかしたら取り立ててもらって貴族になれるかも知れない。そう思った。ま、結果はこのざまだがな」

名声を焦っていた理由も、リーツは理解した。

サマフォース帝国は、乱世に突入しており、どこも戦力を欲している。

有能な傭兵は、貴族に取り立てられることも、珍しいことではなくなってきていた。

「リーツ、お前も俺と同じで、傭兵なんか向いてねぇような奴だ。俺みたいになりたくねぇなら、もう傭兵なんかにゃなるな……」

「……でも僕には傭兵団以外の道なんて」

「確かにマルカ人だ。誰もが下に見ている人種。だが、能力があるのは事実だ。強いし、頭もいい。いずれお前の価値に気づくやつが、必ず現れる」

「……そんな事」

「変わった貴族が、お前を見出して取り立てたりすることもあるかもな」

「そ、それだけはないよ」

「何があるかは、この世の中だ。誰にもわからねぇ」

「………………」

バロックは真剣な表情でそう言った。

リーツはそんなことはあり得ないと思ったが、心のどこかでそうなってほしいと願っていた。

「さて、お前はさっさと俺を置いて砦に戻れ」

「それはできないよ！」

「いいか。俺を背負って戻るには、かなりの体力が必要だ。お前は、俺をここまで運んで自分で思っているより消耗している。砦まで持たない可能性がある。敵が残党狩りを行なっている可能性だってある。俺を連れて行くと逃げにくくなる。それだけリスクをかけて、俺を砦に連れて行くメリットはひとつもない。俺は道中くたばるだろうからな」

「そ、それだけ喋《しゃべ》れれば、生きていけるよ！」

「こりゃ最後の力を出して喋ってんだよ。いいから行け」

「……出来ないよ！」

リーツはバロックを置いていくことを拒否して、背負いながら歩き始めた。

「お、おい！　置いて行けって！」

止めるバロックを無視して、リーツは歩き続ける。

「ちっ。馬鹿なやつだ」

勝手にしろという感じで、バロックは止めるのをやめた。

リーツは、自分より大きいバロックを背負い続けて、歩き続けた。

ものすごく体力を消費したが、それでも歩き続けた。

残党狩りに見つかることはなく、何とか砦まで運び終えたものの、すでにバロックは息絶えていた。


戻ってきたフラッドのメンバーは、二十人ほどだった。

その中に、手を失っているもの、視力を失っているもの、足を失っているものが多くいた。

片手だけならまだしも、足を失う視力を失うは、傭兵としては致命的である。

何とか傭兵を続けていけそうなのは、リーツを入れて七人しかいなかった。

それでも、バロックさえ生きていたら、再びフラッドは歩き始めていたかもしれないが、彼が死んだことで、僅かな希望さえも消え失せて、傭兵団フラッドは解散することになった。

リーツはバロックの言葉通り、ほかの傭兵団には移らなかった。

ミーシアン中を旅したが、マルカ人であるリーツを受け入れるところはどこにもなかった。

一応傭兵団時代に稼いだ金はあったので、食べることはできた。街の中を探せば、一人くらいリーツに食料を売ってくれる商人はいた。定価よりも割高であるケースがほとんどであったが。

旅の中、気力も限界に達し、ミーシアンの辺境にある、カナレ郡のランベルクにたどり着いた。

そこでも当然のように、マルカ人差別を受けた。

自分の居場所はない、やはり傭兵になって生きていくしかないのだろうか、そう思っていた時、

「私の家臣になってほしい」

妙に大人びた口調でそう言う、変わった子供に出会った。

Kラノベブックス

転生貴族《てんせいきぞく》、鑑定《かんてい》スキルで成《な》り上《あ》がる3
～弱小領地《じゃくしょうりょうち》を受《う》け継《つ》いだので、優秀《ゆうしゅう》な人材《じんざい》を増《ふ》やしていたら、最強領地《さいきょうりょうち》になってた～

未来人《みらいじん》A《エー》

2021年8月31日第1刷発行
2024年9月20日第3刷発行

発行者　森田浩章
発行所　株式会社 講談社
〒112-8001　東京都文京区音羽2-12-21
電　話　出版　(03)5395-3715
販売　(03)5395-3605
業務　(03)5395-3603
デザイン　AFTERGLOW
本文データ制作　講談社デジタル製作
印刷所　株式会社KPSプロダクツ
製本所　株式会社フォーネット社

KODANSHA

ISBN978-4-06-524910-9　N.D.C.913　259p　19cm
定価はカバーに表示してあります

ファンレター、作品のご感想をお待ちしています。

あて先
〒112-8001　東京都文京区音羽2-12-21
(株) 講談社　ライトノベル出版部 気付
「未来人A先生」係
「jimmy先生」係

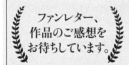